ひとりごと　ぶつぶつ

矢国タテル

明窓出版

意識のかけら

あれは　いつ頃のことだったのか
遥か幾億年の昔
私は　ただ宇宙空間を漂うだけの意識のかけらだった

或る時　燃えたぎる火球に身を投じ　噴出した溶岩の中を彷徨い
冷えていく岩盤と共に　長い暗闇の孤独を楽しんだ
また或る時は　太い幹に大きな枝を広げた樹になり
小鳥たちにねぐらを与え　季節の移ろいを数えていた

白い翼をなびかせて天空を駆け抜ける鷲にもなったし
イルカになって七つの海を探検した
蒼き草原に獲物を求めて旅する獅子でもあったし
子供たちにじゃれつく子猫　または
主人の帰りを待ちわびる犬でもあった

その時その時を　何にでもなりきったし　何にでもなれる
意志さえ持てば　できないことことなど何もない
明日は　何になって暴れてみようか

そうだ
風になろう　水になろう　光になろう

風になって　泣き人の涙を拭き
水になって　乾き人の心を潤し
光になって　迷い人の足元を照らそう

哀しみ　歓び　苦しみ　楽しみ　慈しみ　全て味わい尽くして
私は私の帰りを待つ　私の元へ還る
全ての存在　全ての意識の根源と一体となるために

言い訳がましい　まえがき

私は２００５年からブログを書き始めました。内容は縁側で猫を膝の上に乗せて日向ぼっこをしている、まもなく人生が終わろうとしている老人のひとりごと、つぶやきです。これから始まる新しい時代を担う若い人たちに向けて書いています。この本はその過去ログの中から２００５年と２００６年の中から編纂したものです。

私のブログのサブタイトルは、この世の仕組み、あの世の仕組み、本当の仕組みを知れば意識が変わるということで、内容も政治や経済から死後の世界までを、その日の気分で書いていますから、お読みになる方も何が言いたいのかと戸惑うかもしれません。この世とあの世、まったく違う世界のようにみえて、実は重なり合って影響し合っていますから、片方だけ知っていても間違えることがあるのです。それぞれ専門に書かれたものはたくさん出版されていますから、そちらを読んでいただくことにして、私のような生き方、考え方もあることを知っていただくだけで充分です。なにしろ年寄りのたわごとに近いものですから、肩の力を抜いて気楽に読んでいただければ幸いです。

矢国タテル

ひとりごとぶつぶつ　目次

アルバート・アインシュタイン

今からちょうど１００年前の１９０５年にアルバート・アインシュタイン博士が特殊相対性理論を発表し、それを記念して２００５年は国際物理年だそうです。

難しい理論は分かりませんが、光より速い乗り物に乗っているとすれば歳を取るのが遅くなるとか、光は重力によって曲がるとか、それまでのニュートン力学の常識を覆したことでも知られています。日本が好きだったようで、１９２２年には奥様と一緒に来日されました。そして、その時に残した日本に対しての予言のような詩がありますので転載します。まるで現在を見通していたかのようですが、果たして天皇家と日本人はその期待に応えることができるのでしょうか。

世界の未来は進歩するだけ進歩し
その間に　幾度か戦争が繰り返されますが
最後に　戦いに疲れるときがきます
そのとき人類は世界を
真の平和へと導いてくれる者を　探し出さなくてはなりません

その世界を導く者は
武力や金の力による者ではなく
あらゆる国の歴史を抜き越えた
もっとも古く　また尊い家柄の者でなくてはなりません

世界の文化は　アジアに始まってアジアに帰ります。
それはアジアの高峰
日本に戻らなくてはなりません

私たちは　神に感謝します
私たちに日本という　尊い国を
作っておいてくれたことを

アルバート・アインシュタイン

白蟻役人が日本を食い潰す

亡国の歴史を見れば分かることですが、いずれの国も役人が堕落し腐敗して滅んでいくのです。日本人は勤勉な国民性で、ジャパン・アズ・ナンバーワンと呼ばれた頃もありましたが、役人はその頃からじわりじわりと大黒柱に巣食うシロアリのごとく、または癌細胞のごとく取り除いても取り除いても転移を繰り返して日本国株式会社を蝕んできました。今日の新聞にも聞き飽きたニュースが書かれています。

国土交通省と水資源公団が過去5年間に天下り先のOBの所属する財団法人に対して入札もしないで665件、二百余億円を発注したとあります。地元民が建設に反対する岐阜県の徳山ダム建設に関わる環境調査費だそうです。読んでいて間違えそうになりました。ダムの建設費じゃないんですよ。それ以前の調査費がそんなにかかるのかね。もう、それ聞いただけで、そんな金食いダムなんかの建設止めてもらいたいと思いますよ。

現在、日本が抱える財政赤字は500兆円をはるかに超えて、赤ん坊から年寄りまで入れて計算すると、確か国民一人当たり2百万円以上だったと思います。家族4人の標準家庭なら1千万の負債を抱えているのと同じだと聞きました。そんな危機的な状態にも拘わらず、役人どもは自分の金じゃないと、こうも大胆に仲間や自分たちの私腹を肥やして罪の意識を感じないのかね。みんな税金から出ています。国民の血と汗と涙の結晶なんだよ。それを退官して天下り、自分たちの息のかかった企業をはしごして退職金を受け取ったり、仲間に発注して山分けしても平気な感覚は、もはや血の通った人間のものではありません。

私は心霊学研究家のはしくれとして、こいつらにはっきり言ってやりたい。以後、あなた、またはあなたの家系に医学では手の施しようがないような病気やら災いが降りかかるでありましょう。どんなにお金を積んでも解決できないような問題が生じることを明言しておきます。原因と結果の法則とはそういうことなのです。

まあ、悪しき種が実をつけても、なぜか分からずうろたえるばかりではありましょうが。

Conspiracy?　だからこの世は面白い

私が心霊研究を始める前から興味を持っていたのは、誰が世界を動かしているのかということでした。世界はこの世だけだと思っていたからね。私の狭い部屋の壁にあたる部分はほとんど本箱で占められていますが、そのなかに一冊の印象深い本があります。ゲーリー・アレン著「ロックフェラー帝国の陰謀」1、2。原題は(Rockefeller file)です。当のアメリカでは発禁になったそうで、1984年、自由国民社発行で20年前に読んだ本ですが、これでそれまでの政治、経済の疑問の多くが理解できるようになりました。

私は会う人ごとに驚きを話しましたが、当時は誰も本気にしてはくれず、作り話じゃないの？　という顔をされたものでした。その後、ロスチャイルドやらロックフェラーについてはぼつぼつと書かれるようになりました。広瀬隆氏は「赤い楯」以降、ロスチャイルド他ユダヤ資本について詳しいし、副島隆彦氏、中丸薫氏の著書も次々と刊行されていて参考になりました。インターネット時代到来で、太田龍氏を始めとして詳しく取り上げているサイトも現れていますが、依然としてメジャーでは陰謀論扱いにされています。

イラクでの戦争も、表の政府の意向の裏にこれら見えざる政府の意志が働いていることを読まないと理解できないでしょう。ライブドアによるニッポン放送株の買占め騒ぎも、このような巨大資本が日本のサラリーマン経営者を狙ってうごめいていることを、あらかじめ知っていれば起きなかったでしょう。資本主義と分かっていながら日本の経営者は根っからの資本家ではないから、資本の本当の恐さと力を知らないのではないでしょうか。シオンの議定書を今のうちに読んでおいたほうがいいのでは。書かれていることが一つ、また一つと現実化しています。

地球は誰の所有物でもない

領有権の問題というのは昔からどこの国にもあることで、それが原因で尊い血が流されてきました。人それぞれに欲があるように、国にも欲があり、国益などと大義名分を掲げて、大量の人殺しを認めてきたのです。これはこの地球という星に住む人類が、極めて低俗で進化の遅れた生物であることの証でもあります。神様の目から見たらきっと、あれが欲しい、これが欲しいと駄々をこねている子供のように見えるのでしょうね。

どうして喧嘩をするの？　どうして仲良く分け合うことができないの？　と困っていらっしゃるに違いありません。神様にとっては日本人も朝鮮人も中国人もキリスト教徒もイスラム教徒もみんな愛しいわが子で、地球という星の中で仲良く我を張らず、欲張りもせず助け合って成長してくれることが望みなのです。だいたい国境なんてものは政治を行う上で便宜的にあるのであって、人類がもっと大人になれば要らないものなのです。

そのような観点から竹島の領有権の問題を眺めてみると、どっちもどっちですなあ。取り合うことしか頭にないのかね。どちらにも言い分があるのなら両国で持ち合えばいいじゃないですか。両方でお金だして手入れしてどちらのパスポートも要らない島にすればいいじゃないですか。どちらでもない友好の島にすればいいじゃないですか。サッカーの時はあんなに友好的だったのだからできないことはないでしょう。隣り合った国ですもの。仲良くしなくちゃね。争って得になることはひとつもないよ。両国の人々よ、もっと大人になりましょう。

健康に勝る宝はないのだけれど

鏡に映る顔は確かに自分ではあっても、それは今回の人生で自分が演じている役の顔、ペルソナであって本当の自分自身ではないというのが心霊学の考え方です。体もまた然り。自分を表現する道具です。体について考えてみましょう。人間がこれほど理性的ではなく、他の動物と同様であればもっと短命かもしれません。というのも、体の本能的な要求をすべて受け入れて、そのように行動していたら食べ過ぎたりセックスをし過ぎたりして、すぐ病気になってしまうのではないでしょうか。

近頃、つくづく体というのは長生きしたいというプログラムにされていないような気がしています。その場限り的な要求ばかりしてきますね。例えば、食べることについてもおいしいと感じるものはみな体にはよくないものばかり。いつもオナカをすかせて粗食にしていたほうが長生きすると言われています。強い精神力を持つには、体を苦痛に耐えさせるような修行をしたりします。要するに、非常に我侭《わがまま》にできている体を意識の力で、うまくコントロールして使いこなしなさいということなんですね。

みなさんはコントロールできていますか？　なかなか難しいことですね。私は若気の至りでアルコールやらタバコなんて余分なことまで覚えてしまったものだから、止めるのが大変でした。今また塩分やら、動物性脂肪やらをカットしダイエットに励んでいますが、思い通りにはいきません。扱いにくいことこの上なしです。いつ爆発するかもしれない爆弾も抱えているということで、本当に嫌になります。早くこの体を脱ぎ捨てたくてたまりませんが、もうしばらくの辛抱が必要なようです。

会社とは誰のものか

ホリエモンのおかげで、およそ株には縁のない人たちまで巻き込んでワイドショーネタになったフジテレビとライブドアの乗っ取り騒ぎですが、若い人たちはおおむねホリエモン側に付いて騒いでいるようです。私も若いつもりでいましたが、相対的にみればいつの間にか年寄りであり=古い=保守的=日本的のレッテルなのかもしれません。そうしてこれからはグローバルで革新的な資本の論理に日本が飲み込まれてゆくのを否定しません。

資本とはお金のことであり、大きな資本力を持つものが弱いものを飲み込んでいくのが当然の成り行きで、正義なのです。すでに世界はそうなっています。日本だけが日本式で頑張っていたのですが、アメリカで教育を受けたグローバリストと称する人たちが日本を動かすようになりましたから、近いうちに日本の企業のほとんどは外資の手に渡ります。日本企業の株式は相対的に割安ですから現在の株式市場の株価を支えているのも外人投資家たちです。

これからは日本人は経営から排除されて外国人が経営するようになっていきます。日本人は勤勉な労働者として汗を流すだけになるでしょう。爪もない、牙もない従順な羊となっていくのです。これが未来の姿です。仕方がありません。お金を何よりも崇拝してきた我々がそう望んだのです。痴呆番組の垂れ流しをしているテレビ局などどうなろうとかまいませんが、ホリエモンの後ろにいるメンバーたちがうすうす見えてきました。そうそうたるメンバーです。たかだか800億ですべてのカタがつくとは誰も思っていませんでしたし、最初から彼は鉄砲玉だと言われてもいましたが、このメンバーの名前が確かなら勝負はついています。

頭の古い私の思いとしましては、志を持って会社を興し、社員ともども頑張って大きくしていくようなオーナー社長がたくさんいた古い日本が懐かしい。あのころは会社といえば社員のものだと誰もが思っていたものです。だから一生かけて会社に尽くしたのです。

精神統一

今日は雨です。花粉症人間にはうれしいですね。鼻はずるずるいっていますが、今日は目薬のお世話にはならずにすんでいます。雨降りもうっとうしいですが、目の痒さを思えば我慢できます。水曜日は毎週、精神統一に通っています。座禅や瞑想と同じことです。通いだしてもう十年以上になります。日本心霊科学協会というところが新宿区の落合にあります。創立してもう60年近くなる、日本におけるスピリチュアリズムの古い組織です。

そこで40分ほど座ってきます。本来は正座をするのですが、手術以来正座をすることができなくなりましたので椅子にかけています。精神が統一できるのであれば椅子でもいいのです。ただ座るだけでも目的は達せられるのですが、統一している間に霊能者が一人ずつ背後から霊査をしてまわります。そして統一が終わった後で一人一人に感じたことをコメントしてくれます。熱心にメモを取っている人もあれば、私のように聞き流している人もいます。

霊能者には必ず審神者（さにわ）が付きます。水曜日の審神者は協会の理事長で、統一後にお話をされるのですが、今日は風邪でお休みとかで、私にスピーチのお鉢が回ってきて慌てました。何も用意していなかったからです。それでなくても人前で話すのが苦手なので、統一の間も何を話そうか考えていて、きちんと統一できたのは僅かな時間になってしまいました。頭の中が真っ白になってしまったらどうしようとか思いましたが心のなかで、背後のみなさんに助力をお願いして、みなさんの前に立ったら、短い時間でしたが、なんとかスピリチュアリズムについての基本的なことをよどみなく話すことができました。きっと助けてくれたのでしょう。恥をかかずにすみました。

裁判所に任せなされや

我が宗主国（アメリカ）では、15年にわたって植物人間となっているシャイボさんという女性の延命措置について藪大統領までもが働いておられるようですな。さすが、キリスト教原理主義者と申し上げたいところですが、聖書の文言は一言一句たりとも間違ってはおらぬと信じてはいても、死とはいかなることか、ご存じないから延命することが彼女のためだと信じておられるのでしょう。

15年も不自由な肉体に魂を閉じ込めておくことこそ地獄だとは思いませんのか。早く自由な大空に旅立たせてあげたいとは思いませんのか。死ぬことを神に召されるとかなんとか言いながら、本当は永遠の別れであり、無になることだと信じておられるからではないのですか。人気取りなんて色気は出さずに裁判所の言うとおり自然にまかせればよいのです。過剰な医療は本人を苦しめるだけです。

死とは生命の次元移行なのです。死とは生まれてくる前の世界に戻るだけのことです。死とは生命進化のプロセスに過ぎません。死は誰にも訪れます。死は悲劇ではありません。早いか遅いかの違いだけです。主よ、主よと言うほどには神を信じていませんね。命に関わることは神の御手に委ねなさい。大腸菌一つでさえ作れない人間がどうして偉そうに死にだけは関わろうとするのでしょう。シャイボさんの両親をはじめとする周りの人たちが、生命とは永遠であり、死とはいかなることか理解できていれば、おそらくこのようなことはニュースにもならなかったはずです。

国営のほうが良いことだってあるのだ

資本主義社会はいろいろな意味で競争する社会システムです。私がずっと主張してきたことは、このシステムがピークが終わって制度疲労を起こしていて、近いうちに崩壊に向かうとだろうというものです。尼崎のＪＲ福知山線脱線事故も時間がたって、いろいろ原因があげられていますが、やはり私鉄とＪＲの競合が過密ダイヤを生み、それが運転手の大きなプレッシャーとなって引き起こされた事故だと思われます。

競争しないとサービスは向上しないといわれますが、命がかかっていることにまで競争原理を持ち込むべきでしょうか？　それは、ここのところたて続けに起きているＪＡＬの規則違反やら航空機の破損事故などにも見られることで、同じような状況は首都圏のＪＲと私鉄でもあり、今回はたまたま尼崎で起きてしまったということではないのでしょうか。事故原因究明委員会はそのあたりについてよく検討して欲しいものだと思います。

日本中を原発だらけにしたバカ曽根内閣のときに国有鉄道は民営化され、手柄のように言われていますが、もともと国鉄が大赤字になったのは、誰も乗りもしない鉄道をセンセ、センセとおだてられた地方のバカ議員が自分の票が欲しいばかりに引いたのが大きな原因です。鉄道が民営化されたら今度は狸しか通らない高速道路を作って赤字を増やし続けています。今では廃線となり真っ赤に錆びた鉄道線路にはぺんぺん草が生え、赤字は今も残ったままです。

その教訓があるのにまた、郵政を民営化すると決めてしまったようです。メリットはブッシュが good boy good boy と頭をなでてくれるだけです。今はいろいろ後から言い訳になるような事項をくっつけてはいますが、いずれは競争原理が最優先されて採算の取れない地域は見捨てられ、郵貯は外資に持っていかれるでしょう。

なってからでないと分からんアホたちは、まだ50％もポチの支持をしています。競争したほうが良いものもありますが、してはならないものもあるのです。

なんでもかんでも市場原理に任せていては今回のような事故がおきても何も言うことができません。アメリカの要求をなんでも呑んでいては日本は滅びます。ポチは自民党をブッ壊すのではなくて日本をブッ壊しているのです。日本には日本にしかない良いところも多いのです。この事故をきっかけに早く若い人たちにそのことに気がついて欲しいものです。

花にだって心があるんだよ

人には誰しも背後霊団がついていますが、草花にもついていて育成に関与しています。英語ではフェアリーといいます。妖精たちのことです。生きとし生けるものは生物学的な要素だけ、人間でいえば食べ物や空気、植物でいえば太陽光線や水分だけで生きているのではないのです。生命とは大霊との絆です。

昨日は塀の向こう側に珍しいブラシの木の花が満開なのに気がついて、阿佐ヶ谷団地の中へ入って写真を撮っていました。本当は住人以外は立ち入り禁止ですが、写真一枚撮るのなら花盗人よりもましだろうと勝手に解釈して入れてもらったのです。初めて歩いてみて驚いたのですが、私道の脇はいろいろな花が栽培されていて、とても綺麗でした。

手入れをしている方に会ったので、おもわず美しさを褒めましたら、よろしかったらどうぞと可憐なポピーを手折ってプレゼントして下さいました。褒めてみるものだな、と思って帰途につきましたが、私は近頃せっせと美しい花を撮影して、こうしてブログなどで紹介していますので、きっとフェアリーたちがお礼の気持ちを伝えたくて、花をくれた方に出会わせたのだろうと想像しながら帰ってきました。これからも美しい花々との出会いがありますように。

地球意識の大転換

夏には夏の良さがあり、冬には冬の良さがあるのですが、やはり暑いものは暑くて、夏は冬を恋しがり、冬は冬で早く暖かくなればと願うのが人情です。お金が腐るほどあれば、冬は沖縄で暮らし、夏は北海道で暮らしたいと思っておりますが、その日暮らしの日暮蝉には、それは夢のまた夢でありましょう。

私が書いた小説「a hundred years after」では、いずれ人類は三次元物理法則を超えた時空間移動ができる乗り物を発明して、仕事の場と生活の場を離して暮らすようになると書いています。自宅で仕事を済ますか、遠くても瞬間移動して通勤時間がゼロになれば、どこで暮らしてもいいわけです。そうなればきっと、生活の場と仕事の場は分離されて、今のような大都市は消えてしまうでしょうね。

最近、二度までも霊能者から「あなたはもう生まれてはこない」と言われてしまいました。私のような未熟な魂が、もう再生しないと言われても、にわかには信じられません。まだまだ経験したいことが山ほどありますし、地球の未来がどうなっていくのかとても心配で、もし本当にそうであっても、きっと神様にお願いして、また生まれてきたいです。

その時は、私の予測通り、人類は時空間制御に成功し、また今のような物欲にまみれ、血で血を流すような世界からは想像もできないような清浄なバイブレーションに満ちた世界になっていてほしいのですが、それには人類の意識が大転換するような事態が起きないと無理のような気がしています。いったいそれは何をきっかけとして起きるのでしょうか?

盛者必衰、アメリカ帝国崩壊の予感

今年の夏も暑そうですね。まあ、夏が暑くて冬が寒いのは当たり前ですが、近頃の気象は度を越しています。今年もアメリカ中西部では雨が降らず日照りで穀物への影響は免れなくなっていますし、ヨーロッパも猛暑、インド、中国では大雨、いわゆる異常気象で、この原因を作り出しているのは私たち人間です。

産業革命以来、化石燃料は文明の進歩とともに消費量を増してきました。そしてその影響は地球規模で広がりをみせ、今や国境を越えました。以前からこれらを問題にしてきた科学者たちは京都に集まって議定書を作成しましたが、もっともエネルギー消費の多いアメリカは横を向いたままです。

石油が世界経済に与える影響の大きさと機軸通貨としてのドルはリンクしていますから、アメリカは環境問題よりも経済を重視したいために、京都議定書にはサインしないのです。人間が人間らしく住める地球環境よりも、これからも物質的な豊かさを追求しようとしています。

見えざるテロリストを作り出して、世界人類の関心をそちらに集め、世界の大消費地としての地位を揺るぎないものにしようとしていますが、私には、アメリカこそが最大の人類文明のテロリストであり、モンスターのように思えます。

アメリカが世界の覇者となりたいのであれば、武力で制圧するのでなく、世界中から尊敬されるような行動を取らなければ、表向きは従うようなふりをしていても心から慕われることはありません。ただ逆らうと怖いからついていくだけなのです。今のアメリカ政府の価値観はあきらかに間違っています、が、アメリカに対して忠告できる国はありません。おそらく取り返しのつかないような被害を被ってはじめて間違いに気付くのではないでしょうか。

洗脳されてアメリカに媚びる日本人よ、哀れ

今から60年前の8月6日ですから、明日の朝8時過ぎに広島に、そして長崎に原爆が投下されたんですね。非戦闘員である女、子供を含めて何十万人が一瞬にして殺されたのです。誰が命令したのかと言えば、時のアメリカ大統領トルーマン、真実の男という意味ですね。真実はなんと惨《むご》いものでしょうか。

あれから60年経ちました。敗戦国の人間は頭も心も全部洗脳されて、なんの罪もない人間を無残に殺されたことなどすっかり忘れて、咎めることさえせず、ただ素直に従順に、殺した国の人たちのために働き続けています。首相はそれまでこつこつ貯めたお金さえ差し出すように画策しています。それを支持する人たちが大勢いるのも悲しいことです。

ヨソの国のことには、人権、人権と干渉してくるくせに、自分たちが

日本人にしたことには触れて欲しくないから、スミソニアンで原爆展が企画されたときは直ちに反対した。私は今まで日本人がいかにアメリカの都合のいいように扱われてきたかという真実を、ぜひ一般のアメリカ人にも知ってもらいたいものだと思っています。60年を経た今、過去をきちんと見つめる意味からも、画家の丸木夫妻の描いた「原爆の図」の展覧会をアメリカでやって欲しいものです。

アメリカからの「年次改革要望書」

マスコミが全く報道しなかったために、我々はその存在さえ知ることがなかったのが毎年アメリカ政府から日本政府に出されていた「年次改革要望書」です。自民党政府は、毎年アメリカからこの要望書を受け取って、それにそって政策を立て実行していたにすぎないのです。コネズミ首相は郵政民営化については長年の念願だったように述べていますが、アメリカの要求を満たすのには、ちょうどピッタリの当たり役だったというしかない。アメリカに推されて首相にされたのです。

1. 郵貯・簡保を民間と同一競争条件に
↓ 郵貯は銀行に、簡保は生保に
2. 民間と同じ法律を適用せよ
↓ 郵貯法・簡保法廃止、銀行法・保険業法を適用
3. 政府の保有する株式を売却せよ
↓ 10年間で株式完全売却
4. 暗黙の政府保証の防止策を
↓ 業務・子会社保有を制限
5. 郵貯・簡保と他業務との会計分離
↓ 4分社化し、会計は完全分離
6. 民間との競争を調査する委員会設置
↓ 内閣に民営化委員会を設置

郵政民営化についての「年次改革要望書」の要点をまとめたもので、参議院で否決された法案そのものです。これで、なぜ首相が国民に説明できないかが分かるでしょう。この要望書そのものは秘密文書でもなんでもなく、アメリカ大使館のホームページに書かれています。こんな大

事なことをなぜ、マスコミは報道しないのでしょうか。マスコミもまたアメリカの支配下にあるからです。

この要望書の存在について知ったのは、小林興起議員がテレビ出演したときにポロリとしゃべったことからでした。国会議員、少なくとも自民党議員は知っていながら、国民には知らせたくなかったから、マスコミにも伏せておくように要望していたのです。小池百合子の落下傘出馬は、バラした小林議員へのお仕置きでもあるのでしょう。

お上が一番のワルである、という説

10月1日に道路公団が廃止されて、新たに民間会社にその運営が任されることになりましたが、ご存知でしたか？　簡単に説明すると、今回の民営化措置によって、高速道路等を所轄する道路公団、首都高速道路公団、阪神高速道路公団、本州四国連絡橋公団の4公団は解散され、東日本、中日本、西日本、首都、阪神、本州四国連絡の六つの高速道路株式会社と、債権・債務を継承する独立行政法人「日本高速道路保有・債務返済機構」ができます。それに伴い、今後、新会社は社債の発行などで独自に資金調達を行い、道路を建設します。道路が完成すると、その道路に係わる債権・債務一切は機構に移されるということですが。

どうしてそうなったかといえば、全国各地に東京並みの道路を走らせたいと、狸ぐらいしか通らない処に採算無視の道路を作ってできた赤字が40兆円。政官業の癒着の結果です。問題が表面化して放ってはおけないということで、決まったのが前記の通り。しかし、これの結果が出るのが45年後というのですから、国民に見守ってほしいとか言う前に死んじゃうよ。郵政民営化だって、どうしてそんなに強引にやらなければならないのかと問い詰めていくと、どうも裏で国民に知られたくないお金の問題があるらしいのです。日本長期債権銀行をタダ同然で外資に渡したのも、国民にばれたら困るお金の流れがあったと言われています。だからあんな納得できないような不自然な処理をしたのです。郵貯、簡保のお金は帳簿の上ではちゃんと存在していることになっていますが、多分本当は使い込んじゃって無いんじゃないでしょうか。旧国鉄の抱えていた膨大な赤字や、道路公団の40兆円といわれる赤字の補填を郵貯、簡保のお金で処理してきたのは間違いありません。

それで民営化法案が通ればすぐやるのかというと、そうではないらしいのです。

もちろん準備期間は必要でしょうが、この熱しやすく冷めやすい国民がもう忘れた頃、そっとばれないように民営化します。関わった人間がみんな引退して責任の追及がなされなくなった頃、実効効果が現れてくるようになるのでしょう。いかにも国民のためのように装いながら実は、やばいことは後回し、臭いものには蓋をする。信念よりも保身が大事な政治家だけが生き延びる。「越後屋、お前も相当のワルよのう」「いやいや、お上ほどでは」といったセリフがぴったりです。いっそ国民が郵貯や簡保を全部引き上げて、本当はどうなっているのか確かめてみるのが民営化よりも先だと思うのですがいかがでしょうか。もうすこし国民は政府を疑ったほうがいいと思いますね。お上が一番のワルじゃないのかと。

真贋は心眼で見極める

昨日行った精神統一会で話題になったのが、江原啓之さんのことです。
著書が売れているようですし、近頃は出演していたテレビ番組も視聴率が上がったのか、時間帯がいわゆるゴールデンアワーといわれる夕食時になりました。美輪明弘氏とのコンビで芸能人の霊視をして、それをネタに番組を構成しているようで、一度見たきりでよくは覚えていないのですが、評判になっているのは間違いないようです。

実は、新しくこの統一会に来られる方の多くは、江原さんの本を読んだからとか、番組を見たとかで来られます。今まで知らなかったスピリチュアリズムに関心を持ってくれたり、勉強してみようと考え始めたりしてくれるのは、江原さんのお陰ではあるのですが、江原さんのことを知れば知るほど距離を置きたくなるのはなぜなのでしょうか。

それは、私が今までスピリチュアリズムから学んだことと、江原さんの言動にはいささかの相違があるからです。私には霊能力はないので、彼が、こうだ、ああだと言ったことに異議を挟むことはできませんが、少なくとも私の知識の中では、シルバーバーチの言っているような高級霊言を伝えるレベルにいる霊が、自分の身元を簡単には明かさないだろうということです。

心の道場の小池さんも指摘しているように、たとえ古代の霊がメッセージを伝えてきたとしても、霊媒の口を借りて話す場合は現代語に置き換わってしまうものなのに、あたかも古代の霊の仕業にするためにに古い言葉を使っていることや、江原さんが深いトランス状態に入っているときに、いったい誰が神審者をしたのかという疑問がつきまとい、自作自演ではないかと疑ってしまいます。

イギリスでスピリチュアリストの資格を取ったそうですが、そのイギリスでも霊能者がテレビに出演してあれこれ演技をするのは止められていると聞いたことがあります。スタジオの多くの電気機器やセットが霊能の出現を排するからだというのです。それなのに江原さんは、出演者が登場すると、いとも簡単に霊視をして出演者を驚かせたり、視聴者を引き付けています。

しかし、江原さんがそうして本物らしく見せようとすればするほど、ある程度心霊研究をしてきた者からみれば胡散臭《うさんくさ》く、インチキに見えてくるものなのです。

かつて宣保愛子さんという霊能者がいたことを記憶されている方も多いと思います。彼女も当初は確かに素晴らしい霊能を持っていました。しかし、やはりマスコミの寵児となり、相談事1件につき数十万も請求するようになってその能力は薄れ、テレビの前では仕方なく演技で誤魔化していたことを思い出します。

江原さんのお陰で守護霊、背後霊の存在に気付き、生まれ変わりや過去生にも興味を持ってくれたり、ヒーリングの勉強を始める方が増えるのは嬉しいことですが、片やこうして放送作家の書いた台本をあたかも霊的な力が働いているように見せかけてインチキに加担していれば、本当は素晴らしい能力があったにせよ、やがては消えていってしまい、スピリチュアリズムもオカルトまがいのものと見られるようになるでしょう。テレビとは、視聴率のためには何でもありの媒体であるということを知って出演しているのでしょうか。

江原さんも当初は大霊の道具でありたいと願っていたというのであれば、初心に帰ってもう一度最初から勉強を始めるべきです。今のようなことにウツツを抜かしていては、それこそ全身全霊が裸にされる次の世界に移行したとき、どのような弁明をするつもりですか。それを知っているからこそ罪深いのです。美輪さんも霊的なことには敏感な体質のようですが、エンターティナーとしての枠の中での発言であり、気にはなりません。江原さんの場合はスピリチュアリズムの知識を元に演じている単なるタレントであると弁明するならそれも選択肢でしょうが、スピリチュアリズムを生活の糧にしてはいけませんよ。

女子高生タリウム事件を考える

母親に劇物のタリウムを飲ませた疑いが持たれている静岡の女子高生について心霊学的に考えてみます。近頃は親子の断絶とか、親子ゆえの憎しみが増幅したとしか考えられない事件が相次いで起きてはいますが、それらの事件とはまた別の次元のような気がする不可解な事件です。おそらくこの子は精神鑑定されるのでしょうが、そんなことですんなり解明されるとはとても思えません。

しかし、何か世間を納得させるラベルを貼らないと司法は納得しませんから、それなりに名前を付けて鑑別所かどこかへ入れるのでしょう。ものに憑かれたような状態というのがあります。この女子はまさにこの憑かれた状態になっていたのではないかと思っています。小さい頃からいじめがあったという話ですが、気が小さくおどおどしていたり内向的な子は、霊的に敏感な場合には憑依を受けやすいのです。

憑依現象というのは、死がどういうものなのかを説明するのにとてもよいサンプルとなります。死とは自分を表現するための肉体との離別であり、死んでも自分という意識や意識の世界での体はあるので、自分が死んだことが理解できていない人たちがおおぜい存在するのです。普通は意識の世界へすんなり移行していきますが、この世に未練や恨みを残した人たちで、まだ死んだことが分からない人のなかには、やり残したことを実行するために、こちらに残り、バイブレーションの下がっている人や霊的に敏感な人などを狙って憑依することがあるのです。

死刑という制度がありますが、死がどのようなことか分かってしまうと、この制度はとても危険であることが分かります。肉体は死刑にしても、本人の意識はそのまま生きて存続していますから、自分の犯した罪を受け入れるまでに改心していればよいのですが、無実だった場合は無念さが残り、無理やり死刑にされたために憎しみが増して復讐の念がいつまでも続くのです。そんなことから私は終身刑をもって極刑とし、改心させることを目的にするべきだと考えています。

この女子生徒について伝えられていることから推察するに、おそらく生前に毒薬に関心を持った生涯を送り、まだこの世でやり残したことがある人が彼女に憑依しているのでしょう。憑依されると、自分の本来の意識は隅に追いやられてしまうのです。能力を持った人が霊視すればおそらくすぐ分かると思います。外国ではすでにそのような霊能力を事件解決のサポートに使っている国もありますが、現在の日本では事件の解決に使うような方向には向いていないばかりか無視されているのが現状で、まことに残念というほかありません。

心霊学は哲学でもあるのだ　その1

ついでですからもう少し詳しく死と個性の存続について書きたいと思います。死ぬということは、自分という存在が消滅することではないのです。自分という存在は生まれる前からずっと存在してきたし、死んでからもずっと存在するのです。ところが、この世に生まれてから、自分という存在を意識するようになるまでの僅かな間、過去の記憶が途絶えて思い出すことができなくなりますので、脳が作り出す表層意識は、これが初めてのこの世での存在だと勘違いするのです。潜在意識は覚えていますが、思い出すことはできません。過去に何があったのかは忘れて、新しい人生はまっさらなキャンバスに描きなさいという神様のご配慮なのです。霊能者に過去生を聞いたりする人がいますが、過去生なんて知らないほうが身のためだからそうなっているのです。

そして、意識が途絶えて死ぬという体験と同じようなことは、毎晩眠ることで繰り返しているのですが、朝起きると昨日の記憶は思い出せるので、自分の存在の連続性が分かるし、初めて生まれたなどとは思わないのです。眠ってしまうのではなくて本当に死んでしまっても、その後で意識は戻り記憶も連続性が保たれますので、自分というものの存在は確認できます。そして意識の世界（これをあの世と呼んでいますが）に慣れてくれば潜在意識に蓄積されていたものも思い出せるようになりますから、この人生に生まれてくる前がどうであったか、過去生がどうであったかも分かるようになるのです。

過去生があるということは、人間は生まれ変わるということが分かります。仏教などでは輪廻転生と言って六道を無限に生まれ変わるとか、悪いことをすると動物に生まれ変わるとか説きますが、これは間違いです。確かに過去生をたどっていけば動物や植物であったこともあるでしょうが、霊的進化の果てに人間としての個性を獲得した霊は、どのようなことがあっても、再び人間以外の動物に生まれることはありません。

動物霊は類魂としてしか存在せず、個性はないのですが、人間としての進化の道を歩き始めた霊には個性が付与され、その個性は二度と失われることはないからです。この永遠の霊的個性をインディビジュアリティーと呼びます。それに対して、一度の人生での個性をパーソナリティーと呼んで区別しています。

自分という存在が単なる肉体的な存在ではなく、永遠に生き続けるのだということを知るだけで、人生における価値観というものが大きく変わってくるのではないかと思います。

心霊学は哲学でもあるのだ　その2

深まりゆく秋の中で思索にふけるなんて絵になりますね。秋は哲学の季節です。昔、ラジオで「今日の続きは昨日の続き、今日の続きはまた明日」なんて番組を永六輔、前田武彦なんかがやっていたのを思い出しながら書いています。今日の続きは昨日の続きですが、死んでしまったのに、なぜ意識が戻るのか納得できないでいる方々のために意識について説明しましょう。

意識というのは何層ものレベルに分かれていて、私たちが普段の生活のなかで感じることのできる意識を表層意識といいます。思考ともいいます。この意識は脳が司っていますから、死んでしまえばもう戻ることはありませんが、肉体から意識本体が離れることによって、その下にある意識が目覚めるのです。意識本体は脳が作り出しているのではないのです。

意識そのものは形あるものではありませんが、形容する例えとして海に浮かぶ氷山を使います。氷山は海面上に8分の1ほどの姿を見せています。生活するうえで私たちが使っているのは、その8分の1の、さらに表層の部分だけです。内側の部分が潜在意識と呼ばれる部分です。それだけで、そのパーソナリティーを表現するには充分なのです。

私はなるべく分かりやすく説明するために意識という言葉を使っていますが、この言葉を魂と置き換えてもいいし、霊という言葉に置き換えても間違いではありません。私たちの本質は、実は体ではなくて、この意識こそが自分そのものなのだということを理解していただきたいと思います。また、この意識こそが永遠に続く生命ですから、私たちは永遠に生き続けるのだということです。

繰り返しますが、死ぬということは、肉体という自分を表現する道具が使用不能になったために、自分が抜け出すということです。自分という意識は生命と同義語です。肉体から生命が離れるから、肉体は朽ちて腐敗してゆくのです。蝉のぬけがらのような肉体の中には、あなたはもう存在しないのです。

私たちの本質は体でも脳でもなく、意識生命体なのです。

心霊学は哲学でもあるのだ　その3

人類が誕生して以来の最大の命題ともいえる「人間はどこからきてどこへいくのか」ということについて、名だたる哲学者たちが頭を抱えてきましたが、心霊学ではこの問題についてもきちんとした答えを用意しています。哲学者の中でももっとも心霊学の答えに近いことを言っていたのが、イエスが生まれるずっと前のプラトンで、イデア論というのは「洞穴の中の例え」としてよく知られています。またイソップの「井の中の蛙」の例えも本質を突いていると思います。

私たちの本質ともいえる永遠の存在である意識生命体が、生まれる前にいた世界からこの世にやってきて、一つの人生を終えるとまた帰っていく世界があるのです。プラトンはこれをイデア界と言いました。理論物理学のボーアは明在系（この世）、暗在系（あの世）と呼びましたが、逆にしたほうがぴったりです。丹波哲郎さんの宣伝が知れ渡ったのか霊界などという言葉がよく使われるようになりました。私はこの世が三次元世界であるのに対する言葉として多次元の世界と言ったりしますが、昔からあの世と呼ばれてきた世界のことです。

私たちは生まれる前の記憶を一時喪失しているために、この世だけが唯一の世界だと信じている人が多いのですが、実はあの世こそが私たちの本来の居場所であり、この世というのは、魂の成長のための勉強をするための学校のような場所で、特別に誂《あつら》えられた特殊な世界なのです。この世というのは、あの世という全体の中のほんの一部でしかありません。

どこが特別なのかといいますと、この世には時間という厄介なものがあります。あの世では意識が実体ですから、思ったことはすぐに現実化するのですが、こちらでは思っただけではだめで、実現させるにはそれなりの行動を起こして努力しなくては現実化しません。生まれてから死ぬまで、大なり小なり、常に何をどう選択して実行するか迫られます。そしてその結果がまた原因となって次の選択をしなくてはなりません。その繰り返しが人生そのもので、そうして気付かぬうちの努力があなたの魂を進化成長させていくのです。

一つの人生が終了するということは、神立地球学校の一学年が終了したことと同じです。あの世に戻って、どこが悪かったか、次はどこを頑張ればいいのかなどを検討したのち、どのような環境、どのような民族、どのような家族、等をいろいろ調べて、ぴったりの親を選んで再び生まれてくることになるのです。そのサイクルがどれほどの長さなのかは分かりません。なにしろ時間という概念のない世界なのですから。

経済成長がなければ私たちは豊かになれないのだろうか　その1

「経済成長がなければ私たちは豊かになれないのだろうか」、という長い題名の本があります。タイトルは長いですが、小さな本で平凡社ライブラリーから出ていて定価は９４５円。Ｃ・ダグラス・スミスという人が書いています。いうまでもなく、限られた資源の地球で営みを続けている人類にとって、この問題は私だけではなく誰もに突きつけられた大命題であるはずですが、ほとんどの人は無関心で、ただがむしゃらに働き続ければ、豊かで幸せになれると信じているかのように見えます。この本で述べられている事柄から、いくつか引用しながら、本当にこのままでいいのかを考えてみたいと思います。

まず冒頭で述べられているのは、タイタニックを引き合いに出した現実主義です。

このまま進めば氷山にぶつかってしまうことは皆知っているのに、誰一人としてエンジン停止を言わない。エンジンの停止、すなわち経済の成長率が止まったり、マイナス成長だと言われると大騒ぎになって景気、景気と騒ぐ。このまま進んで氷山にぶつかってしまえと叫んでいるかのようです。アメリカなどは未だに京都議定書にサインもしないで、エネルギーの大量消費をしています。

私がこの本から感じたことは、資本主義の手先となっている政治家たちの打ち出した経済発展という言葉に皆、騙されているのではないかということです。発展途上国を発展させることで、貧困から利益を生み出させるようなシステムに変え、先進国は搾取という概念を見えなくしただけのことで、植民地政策は依然として続いているとしたのは、私の以前からの主張と同じです。発展途上国の貧困が近代化されただけで、依然として搾取され続けているから貧困が続くのですが、発展という言葉からは、みんながいつかはリッチになれるというイメージだけが伝わるのです。

リッチという言葉はラテン語の rex、つまり国王という言葉が元になっているのだそうです。だから国王に対する僕《しもべ》としてのリッチです。全員が王様なら僕は存在しないのと同じように、お金をたくさん持っている人に対して貧乏な人がいるからリッチが成立します。全員がお金をたくさん持っていたら、それは単なるインフレーションというのは面白いですね。世界を相手に一国覇権主義を唱えるアメリカがまさしくそうであるように、同じことが日本の中でも起きています。勝ち組といわれる、一握りの人たちに対して、それを羨み妬む私のような貧乏人がいて、初めてリッチが成立するのです。

しかしまあ、私が貧乏といっても最貧国の人たちから見たら、けっこう豊かに見えるかもしれないし、彼らは物質的なものより精神的な豊かさを求めていて、日本人の持っているものなど見向きもしないだろうし、朝から晩まで汗みずたらして働いて一生を過ごすなんて真っ平だと思っているかもしれません。そうした人たちまで巻き込んで発展を押し付けてきたのが経済発展主義なのでしょう。彼らにはタイタニックは見えていても、その先にある氷山のことなど目に入らないのです。私は野蛮人と呼ばれようが発展途上と呼ばれようが、心の豊かさを大切にして生きてきた人たちの見ている世界こそが正しいのだと信じています。

経済成長がなければ私たちは豊かになれないのだろうか　その2

この本の著者、ダグラス・スミスさんのことは経歴が書かれていないので、よく分かりませんが、あとがきが「沖縄にて」とありますし、あまりにも日本のことをよくご存知なので、長く日本に住んでおられる方なのかもしれません。岡目八目で、当の日本人より日本のことが見えていると思わせる文章があちこちに出てきます。著者について詳しくご存知の方がいらっしゃいましたら、お知らせくださると有難いです。

日本国憲法の九条についても言及しておられます。そもそも民主主義というのは、民の代表を選んで、その人たちに政治を任せるというシステムですが、選ばれたからといって、何でもやられては困るから憲法で規定しています。主権在民ということです。ところが自民党はこれが気にいらないからか、アメリカから命令されているからか、国民に嘘をついて騙してきました。そしてコネズミはとうとう新しいガイドラインなどというものを決めてしまって、もうこれからは国民の言うことは聞きませんよと宣言したというのに、国民は無知だからちっとも反応しない、どころか60%の人たちが支持しています。馬鹿としか言いようがありません。

自衛隊はどこからどう見ても軍隊だけれど、憲法九条があるから、他の国の軍隊とは絶対的に違うところがある。それは人を殺す訓練はしていない、ということです。正当防衛なら戦うことができるけれど、自分からは攻撃してはいけないと憲法に書いてあるから、そこはまだ守られているのですが、これが自衛軍となれば人に対して銃を向けて撃っても、良心が咎めないような訓練をします。それが軍隊であり、どこの国の軍隊もそういう訓練をしています。

歴史を振り返ってみれば、おおよそ軍隊を持った国というのは、戦争で相手国の人間を殺した数より、自国民を殺した数のほうが多いという統計があります。日本以外にもう一つ、軍隊は持ちませんと憲法で規定しているコスタ・リカという国があるのですが、この国が軍隊を持たないとした理由は、軍隊を持つと、いずれクーデターなり反乱が起きたときに自国民を殺すからだそうです。幸いなことに戦後60余年、憲法九条のおかげで他国の民に銃を向け、殺すということは一度もありませんでした。チキンだと言われようが長い目で見れば、そういう積み重ねが信頼を生んでいくのだということです。

新しくできた周辺事態法のなかには、政府が国民に対して何をしてもよいかが書かれています。憲法とは逆で、政府が国民に対して命令する権利が明記されているのです。これではまるで独裁政権と同じですが、相変わらず、マスコミもぐるになった洗脳作戦で、日本は戦前と同じような雰囲気に包まれてきました。今一度、私たちの選んだ政権のやっていることに対して見張り続け、批判しない限り、再び取り返しのつかない愚を繰り返してしまうでしょう。

経済成長がなければ私たちは豊かになれないのだろうか　その3

しつこくまだ続きます。私たちは誰しもが民主的で平和な世界を求めていると思われます。しかし、日本人の60％という支持率を誇るコネズミ政権の取っている政策は日本を軍事化し、アメリカ軍との一体化を進めています。ここでも本当の民主主義ということの意味が分かっていない人々が多いという証明になっています。なぜなら軍隊ほど民主的ではない組織は他にありません。上から下への命令は絶対であり、完全に管理された組織のなかで、個人の自由意志は認められません。叛けば逮捕されるでしょう。それが軍隊組織というもので、全体主義です。自分だけが民主的な生き方をするためには、日本の中に非民主的な組織を認めて、その組織に民主的な生活を依頼するつもりなのでしょうか。それはあまりに虫のいい話です。

私は無理だろうとは思いながら、しばしば口に出すのは、できたら海の見える高台のような見晴らしの良い家に住んで、食べるだけの野菜を生産し、鶏を飼い、晴れた日は海に釣りにでたり畑を耕したり、雨の日は読書をしたり、土をこねて暮らせたらどんなに幸せだろう、と。私だけではなく、きっと多くの人たちがそう考えているけれど、それなりに蓄えがなくては実現は難しいし、社会システムとして、働かないと生活できないようになってしまっています。

そうすることが常識となってしまっていますが、もっと自由な労働というものがあってもいいのではないでしょうか。労働者として組織に属することで、民主化を放棄している面があります。会社もまた全体主義的な要素が強いからです。

このような常識が変だと思う人は少ないと思うけれど、歴史を振り返ってみれば、実は我々は働き中毒になるように洗脳されてしまっているのかもしれません。本当は私たちは資本家たちの奴隷になっているのに、気付いていないのかもしれません。働かなくては手に入らないものが生活必需品であるが如く、思い込まされているのではないでしょうか。だまっていても売れるものはコマーシャルなんてしないでしょう。売れないからコマーシャルをテレビで流すのです。他人よりいい生活など望まなければ、それほどあくせく働かなくてもいいのではないでしょうか。近頃では会社は株主のものだなんて風潮だけど、それはやはりおかしいことです。何もないところから汗水たらして資本を増やし生産しているのは労働者で、労働者がストライキでもして労働を放棄したら株価はどうなりますか。労働者はもっと自己主張すべきではないか、と思います。

いずれにせよ、もうこの星は限界に近づいているけれど、相変わらず人々の意識は目の前のことだけで、日々悪い方へ悪い方へと進んでいくばかりです。この本の最後には、それでもまだ希望はあると結ばれていますが、その最後の望みも少しずつ薄れていく今日この頃です。やはり、行き着くところまで行かなくては気がつかないのでしょうね。そうして、また最初からやり直すことになるのかも知れません。愚かというしかありません。

これで、この本の書評は終わりです。とても良い本です。ぜひお読みになっていただきたいと思います。図書館にあると思いますが、なければお買い求めください。

先祖が祟るって？

心霊研究を始めたばかりの人から質問を受けました。先祖霊が祟ることがありますか？　そこで、今日は先祖が子孫に祟るなんてことがあるのかどうか考えてみましょう。テレビなどに出る霊能者が先祖の供養が足りないとか、先祖の影響で霊障が出ているとか答えているのを聞いて、多分そう思ったのでしょう。

確かに日本の霊能者の多くは先祖の霊障などと言うことが多いのです。でもスピリチュアリズムでは先祖の霊障という話は一切出てこない。どちらが本当なのでしょうか？　私はただの研究者で、霊能力があるわけではありませんが、常識的に考えても先祖が愛する子孫に対して害を及ぼすとは考えにくいのです。霊的な障害ということにして、それを浄化するお祓いをして、なにがしかの金銭を受け取るためではないか、と勘ぐることさえできます。そういった宗教ビジネスがたくさんあるのも事実です。

ではまったくないのかと言われれば、それとも断言できません。なぜなら本当の意味での供養をしないで、坊主にお金だけ払って形式だけの供養をして、それで事足りたと思っている人たちもいますし、生前の信仰を無視して、自分たちが信じている宗教の形式だけが正しいと思い込んで、仏壇を壊したり、焼き払ってしまうような乱暴なことを平気でする宗教団体もあるからです。

そんな時にはやはり、何がしかの反応なりサインを送ってきて、間違いを正そうとすることはありうることだと思います。しかし、大きな病気にしたり、交通事故にあわせて重傷を負わせるようなことまではしないのではないかと思います。思いがけない災いが続いたとしても、それは先祖のせいではなくて、自分が原因を作ったから結果的にそうなったのだと反省すべきです。

本当の供養というのは、生前からのことを思い出してあげたり、彼らの残してくれた有形無形のものに対して感謝の気持ちを忘れないことでしょう。死は永遠の別れではありません。自分たちもいずれは向こうにいって、再び会うことになるのですから、忘れてしまっては失礼だし、合わせる顔がないということになります。

霊格＝魂の成熟度

情けないほど堕落してしまった世間を嘆いてばかりいないで、時々はスピリチュアルなことも書かないと、このブログの存在価値がなくなるので、久々に霊的なお話をします。今日は格調高くいきます。人間性に優れた人のことを人格者などといいますが、人間というものの本質は霊ですから、魂の成熟度のことを霊格といって、私たちは、この霊格を高めるために生まれてきたのだし、生きていることを知っていましたか？歳をとっているから霊格が高いとは限りません。

子供でも成熟した魂の持ち主は大勢います。また霊能力があると霊格が高いと勘違いされることもありますが、霊能力と霊格は比例しません。

この世は壮大なステージのように、それぞれの魂が魂を磨くために、それぞれの役目を演じているのです。成熟した偉大な魂もあれば、前世は動物で、初めて人間としての人生を始めた魂もあります。何の苦労もないような楽な人生を送っている人はそのような魂だと思って間違いないでしょうし、艱難辛苦《かんなんしんく》を平気で乗り越えていくような人生を送っている人こそ成熟した、老成し、霊格の高い魂なのです。

私たちの本質は、大霊（神）の分霊（わけみたま）と呼ばれる霊で、人生を終わるごとに体は死にますが、意識生命体である霊は幾たびか生まれ変わって永遠に進化向上し続けるのです。生まれてくる最大の目的はこの世での体験であると述べましたが、その体験の中で最も大切なのは、霊格を高めることです。ただ何度も生まれてきて体験を積んでいれば足し算のように自動的に霊格が向上するというのではありません。

では、どうすれば向上するのかといえば、方法は一つしかありません。自分という人間を他人のために役立てるということです。仏教ではこれを徳を積むなどといいます。誰にも知られずに、こつこつと世のため人にために尽くすことを陰徳を積むといって、最も高貴な行為とされていますが、凡人はなかなかこうはいきませんので、知られてもいいから他人に尽くすことを本分としてください。この世はお金がないと生きていけませんから、お金を貰って他人に尽くすような仕事をしてもいいのです。それでも充分に他人に奉仕したことになるのです。

私は若い頃から、人生における成功とは何かという問題を考えてきました。人生が終わろうとしている時、まもなく死を迎えようとしている時に、私の人生は成功だったのか、失敗だったのか、何を基準にして判断すればいいのでしょうか。それには人生の目的とは何かということを知っている必要があります。今はこんな世の中ですから、お金を儲けて裕福な生活ができるようになることや、名声を得て拍手喝采を浴びることが成功だと思い込んでいる人のほうが多いのでしょうが、本当の人生の成功者とは、いかに自分という者を他人のために役立てる人生を歩んだか、によるものなのです。

欲得を捨てて他人のために尽くすことは難しく、私もなかなか思うようにはいきませんが、このことが分かっただけでも今回の人生は有意義であったと思っているのです。

今はアンチキリストの時代

アメリカからスーパースターが来日して、ラジオからは ♪テンポスタッフ　ソリ　ソリ　ソリ　ソリと聞こえてきます。マドンナのヒット曲のイントロだそうです。コンフェッションなんとか、という曲だそうです。この人も結構長いこと頑張っていますねえ。私は英語が分からないので意味が分かりませんが、きっとメッセージがしっかりした内容だから支持されるのでしょうね。やはりメッセージがない歌はダメです。

今日はそのメッセージソングのなかでも特に素晴らしかったイマジンを唄っていたジョン・レノンの25回目の命日だそうです。ビートルズが特別に好きというわけでもなかったし、ジョンのことを特別気にかけていたわけでもなかったけど、このイマジンという歌は私の言いたいことを全部代弁してくれているようで、いつ聞いてもなにかジーンときます。

ジョンは「思ってごらん」と唄っているけど、全ては思うこと、意識することから始まるんです。この宇宙の始まりだって、大霊の意識から始まったのです。ただ、この世には時間があるから、すぐにはそうならないし、思っただけではダメで、行動しなくては現実化しない。今がそうなのは、過去に思ったこと、行動の結果として現れているのですから、皆が心を合わせてジョンが思ったように思って行動すれば、きっといつかはそのようになるのです。

今の時代は夜明け前の最も暗い闇の時代です。黙示録に書かれた通り反キリストが世を治めているからです。反キリストとは一人の人物を指しているのではなく、キリストの教えに反した行動を世界に広め、武力で世界を征服しようとしている一部の勢力を指していることに、世界中の人たちは気付いていません。昨日も書いたように、戦争をしなければ国が保てないように仕向けたり、伝染病が流行るといって、本当に効くのかどうかも怪しいような薬をあちこちの国々に備蓄させて大儲けするような者たちこそ、人間の皮をかぶった悪魔たち、アンチキリストのグループであると断言します。

スピリチュアリズムとは霊界からのメッセージです。こんな時代が来ることが分かっていたから人類にスピリチュアルなメッセージが届けられたのです。こんな時代だからこそマザーテレサのような人物が出現したのです。こんな時代だからこそ、イマジンのようにみんなが心を合わせて平和になるように祈り、行動しなくてはならないのです。いつか世は明け陽が昇り、光は闇を照らす時代がきます。

パンドラの箱に残っていた希望を手にして、諦めないでまっすぐ歩いていきましょう。

誰も守ってはくれない社会です

ソビエト連邦が崩壊し冷戦が終結して以降は、社会主義が欠陥を露呈して自滅したように言われて、自由主義の正しさばかりを主張する者が多いですが、果たしてそうなのでしょうか？　人は皆、生まれつきの能力に差があります。自由主義というのは強い者はますます強くなり、弱い者はますます虐げられていきます。テロを肯定するわけではありませんが、何でもありの自由主義ではテロをなくすことはできません。

社会システムが正常に働いている世界では、強い者は弱い者に対して常に気を配り、全体のバランスを保つものです。果たして今の日本はどうでしょうか？　強い者が強いのをいいことに強権をふるい、弱者はますますふるい落とされていくようなシステムになってしまっています。このような社会のなかでは、常に底辺で不平不満が鬱積して渦巻いています。豊かさを味わえるのはごく一部の強い者たちだけです。

結局は上がそれを肯定した政策をしているから、下々でも思いやりのかけらもないような事件が多発し、バレたらバレたでそのときに責任をどう逃れるかしか考えていません。ビルの建築構造計算書偽造も、幼い幼女の殺害や姉妹が殺された事件も、先のことなど考えないで、目先の欲望だけをむき出しにした事件です。

これからの社会を生きていくには、今までのように日本人がそのようなことをする筈がないなどと考えていては自分も被害者になる可能性が高いのです。嫌な世の中になったものだと覚悟を決めて、常に何が起きても不思議ではないくらいに考えて行動しなくてはなりません。政府も国民のためなどとは考えていないのだから、自分の身は自分で守らなければなりません。何かが起きてからではなく、起きることを想定して計画する必要があります。

地獄って本当にあるの？

地震で家が潰れて人が死のうが、ＢＳＥになって死のうが知ったこっちゃない、儲かればいいというような人には、全員地獄へ堕ちてもらいたいと思っているのは私だけではないと思います。でも、本当に地獄ってあるの？　と思っている人たちのために、今日は心霊教室「地獄って本当にあるの？」を開講します。

心霊学では死後の個性の存続を主張します。死んだら意識生命体は、あの世といわれる多次元の世界へ移行します。果たしてそこに地獄はあるのか。どのような人生を送ろうが、どのような死であろうが、自殺した人以外は全員、いったんブルーアイランドと呼ばれるリハビリセンターみたいな所へ収容されるんですが、そこで自分の死を確認したり、死とはいかなることとかをレクチャーされた後は、自分の出す波動レベルに合った世界へと自動的に引き寄せられます。そうでもしないと、ちゃんと体があるから死んだことが分からない。

あの世が多次元と言われるのは、無数の段階の意識レベルの重なった構造世界になっているからです。上は神々の世界から、下は光の届かない暗い闇の世界まで無限に続くとされています。イギリスの三大霊訓と呼ばれる霊界通信の一つに「ベールの彼方の生活」（G・V／オーエン潮文社）というのがありますが、その本には、あの世の低い階層から高い階層までの様子が詳しく書かれています。

その中にある最も低い階層の様子を読むと、そここそが地獄ではないかと思えるのですが、そこに住んでいる人たちには、そこが一番自分の意識レベルに合っていて一番住み良いのです。全員が自己中心的で我欲のかたまりですから、いつも諍いが絶えなくて喧嘩ばかりしています。いつも夜のように闇が支配する世界ですが、彼らにとってはとても居心地がいいのです。

彼らはそこを地獄だなんて思っていません。そこより上のレベルの世界から見たら地獄のように思えますが、当人たちは気が付かないのです。どこかの国の一部の人たちに似ているとは思いませんか。自分の愚かさに気付くまで、そこでの生活が続くのです。時が過ぎ、魂が目覚め、このままではいけないと気付いた魂には、上の世界から手が差し伸べられて、光の射す方へ向かって歩き出すのです。

もう一つ、地獄のように感じられるかもしれないと思えるのは、死後しばらくすると、それまでの人生の全てをビデオのような映像として見せられて、相手に与えた感情までも自らの感覚として味わうことになる時でしょう。大勢の人を殺したり、傷つけたりした魂は、それを見せられて耐え切れず精神が分裂し、償いのため、そのまま再生することもあると言われています。

仏教でいわれるような、血の池や針の山はないようですが、肉体を脱いだ魂は心そのものが丸裸になりますから、うわべで生きることができません。他人の気持ちを踏みにじって生きてきた人には耐えられない地獄のような心境ということになるのです。あの世には地獄に見える世界もあれば、自分の心が地獄を作り出すこともあるのです。心して生きましょう。

人間関係をよくしたいのなら、相手を変えようとするのではなく、自分で自分を変えて、波動を高く保つことです。そうすれば意識レベルの低い人間は離れていくし、低い集団であれば、あなたをはじき出すでしょう。はじき出されてもいいではないですか。そのような集団の中にいても異端者として利用されるだけだからです。くだらない集団の仲間たちに囲まれてぬくぬくと生きるより、孤高の道を選ぶのも選択肢の一つだと思いますがどうですか。

地球は壮大なステージです。レベルの違ういろいろな人間がいろいろな役目を負って自分という役を演じています。同じレベルの人間同士であればたいした諍いも起きませんが、違う人間同士が、時には主張したり時には譲ったりしながら生きていかなければならないのですから、自分の思い通りにはいかないのが当たり前なのです。人と人との付き合いは、相手の意識レベルの見極めと自分の意識との間の見切りが大切なのです。

命について考える

いよいよ今年も今日が大晦日、最後の一日となりました。今年一年、私のつたない文章にお付き合い下さいましてありがとうございました。今年最後のテーマは私たちにとって一番大切な「命」について考えます。それは、今日こんなニュースが入ってきたからです。ニッケイから転載します。

転載開始＊＊＊＊＊

【北京9日共同】中国誌「財経」最新号によると、中国衛生省の黄潔夫次官はこのほど、マニラで開かれた国際会議で、中国国内で実施している臓器移植に用いられている臓器の大多数が死刑囚から提供されていることを初めて認めた。

中国が移植に死刑囚の臓器を使っているとの指摘は以前から専門家らから出ていたが、当局者が認めるのは異例。黄次官は「死刑囚本人と家族から同意を得ており、倫理的な問題はない」と強調した。同誌によると、昨年中国で実施された肝移植は約２７００例、腎移植は約６０００例。95％以上は死刑囚からの提供だった。

次官はまた、死刑囚からの臓器提供や管理整備のための「人体器官移植条例（臓器移植法）」の制定を進めていることを明らかにし「国際社会が抱いていた中国の移植に関する『灰色地帯』を解消することが可能になる」と述べた。転載終わり＊＊＊＊＊

また東京新聞でも、今年末までの2年間に日本人108人が移植手術を受けたことを明らかにしました。費用は腎移植が600万円、肝移植が1200万円で、アメリカなどと比較するとはるかに安く済むといいます。イスラエルなどでも自国でのドナーが足りなくて、中国で臓器移植をする患者が増えているそうです。死刑囚の数の多さにも驚きますが、手術数の多さにも驚いてしまう、臓器移植手術大国です。

中国にだって臓器移植をすれば助かる患者は多くいるのに、貧乏だから手術費用がなくて死んでいくのです。片や富めるがゆえに死刑囚の臓器を金で買ってまでと思うかもしれませんが、溺れるものは藁をも掴むような状態になれば、どこの誰の臓器だなんて言っていられない気持ちは理解できます。

例えば、宗教的理由で輸血を拒んでわが子を死なせてしまった家族が社会的に非難されたことがありました。臓器と血液の違いはあれ、わが子がそうしなければ助からない状態にあれば、親としてはできる限りのことはしてやりたいと思うのが心情だと思います。と、ここまでは常識的な考えを述べてきたのですが……。

私の学んできた人間とは霊的な存在であるという信念と、人間もまた自然の摂理に適った生き方を選択するべきであるとする考え方の間で揺れ動いています。事故に遭うのも、病気のなるのも、死んでいくのも、すべて自分で原因を作っているのですから、結果を素直に受け入れるというのも選択肢の一つなのです。「病むときは病むがよろし、死ぬときは死ぬがよろし」というのも真理なのです。

ところが医学の発達で、死ぬべき人が死ぬべき時に死ななくなりました。経済的な理由から結婚を避けたり、子供を産むのをコントロールするようになりました。少子化はまさにそういうことです。本来人間が介入してはいけない領域に人間の都合で介入しているために、社会がいびつになっているのではないかと思っています。そのいびつさを解消するために大災害が起きたり、戦争のような大事件が地球規模で起きるのではないかというのが私の考えです。

ドナー制度に関しても問題が多いようです。自分の体を他人のために役立ててほしいとする願いから生まれたのがドナー制度で、動機はとても立派なことです。脳死をもって人間の死だとすることは間違いですが、人の死とはどのようなことかはここでは書きません。ドナーカードを持っていたがために、救命医療よりも臓器移植をするための措置が先行され、急いで脳死が判定されて、まだまだ生体反応があるにもかかわらず、体に各種のテストが試されている事実があります。医者の立場からは、少しでも新鮮な臓器が欲しいのです。これらの事情を知ると、とても率先してドナーカードなど申請する気にはなれないのが心情です。

私の心の師であるシルバーバーチが、輸血も含めた臓器移植には反対します、と言っているのは、肉体というのは自分そのものではないとしても、自分を表現する道具として生まれてから死ぬまで、原因を作り結果を刈り取った波動が、すべての部分に浸透しているから、他人の部品を引き継ぐと肉体的にはむろんのこと、霊的な狂いも生じるからではないかと思っています。科学万能の時代のように言われていても、人類はまだ大腸菌一つ作る技術もないのです。だから他人の部品を代用することを思いついたのですが、問題が多すぎます。人工的な部品が作れるようになるまでこの問題は続くのでしょうが、時間のかかる問題です。

2園児殺害、なぜだ？　と言ってるだけではね

私たちは病気になると、痛むところを治そうとします。病院に行って

も治療する部分によって専門が分かれていて、そこに対応する医療がなされるのが普通です。

これを対症療法といいますが、病気や痛みが出る本当の原因は実はそこではなくて、そこが体で一番弱い部分か、一番負荷がかかっているためにそこに症状が現れているだけで、原因は他にある場合が多いのです。体は耐え切れないことを表現しているのに過ぎません。痛みは体が発するサインです。原因は体自体にあるのではなくて、精神的なストレスで心と体のバランスが崩れている場合がほとんどです。

私はこの原理は、私たちの生きる社会システムにも同じように働いているのではないかと思っています。昨今、なぜ？　と言われるような原因が分からない悲惨な事件があちこちで起きるたびに、評論家たちは取って付けたような理由を述べて取り繕っていますが、私は日本という国全体にストレスが蔓延し国そのものが病んでいるために、このような訳の分からない事件が次々と起こると考えています。

アメリカは病める大国と言われてきました。今は病んでいるだけではなく、自分たちの思い通りにならなければ戦争を仕掛けるのですから、ほとんど発狂しているのではないかと思っているぐらいです。現在の日本の政権はポチと言われるぐらい従順で、アメリカに要求されれば何一つ逆らうことなくご主人様に忠実です。アメリカンウエイがグローバルスタンダードだと信じ込まされて、広大な資源国家と同様の、とても狭い無資源日本には向かないような政策も嬉々として受け入れ、それが時代の勝者の如くもてはやされます。広告代理店を抱き込んで、マスコミまでもが煽り立てるから人々は時代に追随しなくてはと必死です。

確かに、一部の勝ち組企業の業績は上向いて、景気は底を打ったように見えますが、私は格差がその分広がったのではないかと思っています。私外に出ていろいろな人と話していても、みんなイライラしています。私立の学校に子供を通わせているのですから、社会的にも余裕のある人たちなのに、なぜか心がギスギスしているのです。親がそうですから、子供たちにも敏感に伝わります。病んだアメリカをそっくり輸入し、これからは発狂したアメリカも輸入することになりそうです。

日本人の一人ひとりが、マスコミの垂れ流すプロパガンダに流されることなく自分の意志を明確に示さないと、ますます日本は時代の波に飲み込まれていってアイデンティティさえも失くしてしまうような気がしています。

死は眠るのと同じです

私のホームページはスピリチュアルワールドといって、心霊学についてあれこれ書いていますが、こちらのブログは主に俗世の話で、日頃の不平不満や鬱憤《うっぷん》をぼそぼそ愚痴っています。しかしやはりときどきは専門の話も書かないと特色が出せませんので、今日は得意の死後の話を書きます。

心霊学なんて胡散臭いと思っているごくフツーの人々が、なぜ死を恐れるのかといえば、死は思考が停止することだと思っているからではないかと思います。医学的には心停止で脳にも血液が送られなくなりますから、脳の働きが止まって何も考えられなくなり、思考は停止します。その状態が続けば脳を含めた肉体は腐敗していきますから、焼却します。すると残るのはお骨だけ。一巻の終わり、それが死ぬことだと思っています。

思考が停止して蘇らなければ、確かに、自分というものを認識できないわけですから、これは怖いですね。私も怖い。でも思考が停止すること自体は別に怖いことでもなんでもありません。なぜなら、私たちは毎晩、思考を停止させているからです。

眠ることは思考停止しなければできませんよね。でも誰も眠ることを怖がる人はいない、というのは翌日、必ず目が覚めて思考は蘇り、前日の思考との間に記憶の連続性があることが分かっているからです。

死を怖がるのは、脳が思考や記憶を生み出していると思っていますから、脳死になればもう思考や記憶の連続性はなくなって、再び思考や記憶が蘇ることはないと思っているからではないかと思います。心霊学について学ぶと死ぬことを恐れなくなります。死んでも思考や記憶の連続性が消えないことを知っているからです。脳死状態になって、医者に死と判定され、遺体を焼かれてお骨になったとしても、思考は蘇りますし、記憶の連続性も保たれます。

それは生前、心霊学なんて胡散臭いと思っていた普通の人々にも同じように、肉体を失った後にも思考や記憶が戻りますから、驚いたり、まだ死んでないと思ったりもするのです。なぜ、こんなことになるかといえば、実は脳というのは思考回路であって、思考の元である意識そのものは脳が作り出しているのではないからです。私たちは自分というものを、脳を含む肉体だと認識しているのが普通ですが、本当の自分という意識は三次元的な物質ではありませんから、肉体を喪失しても意識は元のまま存在していて、完全に肉体から離脱すれば意識は戻るのです。

私たちは毎晩死ぬ練習をしているようなものです。毎晩のリハーサルでは、朝、目覚めれば昨夜の体に戻りますが、この人生における最後の眠りから覚めたときは、あの世の波動に合わせて行動できる体をまとって目覚めるのです。その体は今までの体より少し大きめで、それまでの人生で最も輝いていた時の状態に近いものだそうです。もしも辛くて重い病に苦しむようならば、はやくその体に着替えたいなと思う、今日この頃なのです。

可哀想なのび太君

金融緩和政策が解除されました。マスゴミ及び新聞などの各誌は、これで日銀の独立性が守られたなどと書いていますが、これはアメリカの許可が出たということでしょう。日本に独立性など存在しません。すべてアメリカの意向に従って動いているだけです。それが証拠にゼロ金利はまもなく無くなるでしょうが、日本の金利がアメリカを凌ぐことは有り得ないからです。貿易でせっせと稼いだ黒字はみんなアメリカ国債の購入にあてられて、日本が豊かになることはありません。日本属国論はすでに誰もが知っていることだし、稼ぐ女房と浪費癖のある亭主に例える人もいますが、私はアメリカ＝ジャイアン、日本＝のび太説がぴったりだと思っていたら、同じようなことを書いてあるサイトがあったので、ちょっと借用してみました。

ジャイアン「おい、のび太。悪いけど、ちょっとお金が足りないんで、貸してくれよナ」

のび太「うん。いいけど」と言ってお金を貸す。

ジャイアン「じゃあ、代わりに、これをやるよ」と言って紙切れを渡す。

それには汚い字で「のび太君からお金をこれだけ借りました。一年後にお金を返します。ジャイアン」と書かれている。

ジャイアン「ところで、のび太よ。ホントに、一年後にお金を返すのかとか、そんなことを俺に聞くなよな。わかってるよな」

のび太「えっ、そうなの？　でも、お金をいつ返してもらえるか、わかんないとサ、こっちにもいろいろ都合があって」

ジャイアン「だから、おれが返すって言うんだから、きっと、返すよ。さっき、きちんと『借りました』って紙を渡したろ？　俺の言うことを信用しないっていうのかよ？」と言ってギロリとにらむ。

のび太「えっ、いや別にそういうわけじゃないんだけど」と言って冷や汗を流す。

ジャイアン「一年後に返すつもりだけど、返せるあてがなかったら、さっきの紙をさ、新しいのに代えてやるからサ。それでいいだろ？　な、のび太」とモウ一度ギロリとにらむ。

のび太「うん……それでいいよ」と言って、力なくうなずく。

ジャイアン「あと、言っとくけどサ、これってお金をおれが奪ったなんて、おまえ言わないよな。だっておまえのところに『借りました』って紙があるものな」とギロリ。

のび太「うん、そうだね。お金を貸したんだよ、ぼくは、きっと」と自分に言い聞かせるように言う。

ジャイアン「そうさ、その通り。『一年後に返す』って書いてあるんだから、きっとおれはお金を返すさ。な、のび太、おまえはいいやつさ」と言いながら高笑いのあと、その場を去っていく。

　もちろん、藤子不二雄原作のアニメには、こんなに悪どいジャイアンはいませんが、現実世界には太平洋の向こう側に、こういうのがいるようです。

直葬なんて初めて聞きました

直葬という言葉は初めて聞きました。お葬式はせずに火葬だけをして、お別れ会のようなものをすることだそうです。これはいいなあ、私もぜひそうしたいと、検索してみましたら、こんなサイトにぶつかりました。仏教が宗教本来の目的を忘れ、葬式仏教と呼ばれてお金を稼いでいることに不満はあるものの、いつか自分も通らなければならない道ゆえに、悩んでいる人が多いのでしょう。

このサイトにはアンケートのページがあって、早速私も参加しようと思ったのだけれど、既に締め切られていて、もう結果だけが出ていました。一部転載します。

＊＊＊＊＊葬送アンケート分析／人は死ぬとどうなるか？

アンケートでは、「肉体も精神も消滅するけれども、意識体としての魂は永遠に残り再生する」という回答が43％を占め1位にきている。「特定の人間関係を条件に魂は残る」という回答を加えると44％になる。信じることは力になるという証左であろうか？

真実は「精神は消滅するけれども、肉体は遺伝子を通じて引き継がれる」ということだと思われるが、この支持率は29％である。死んでも肉体は残るという事実を理解できれば、これも安心につながると思うが、日本では通念になっていない。

ところで、「肉体も精神も魂もすべて無に帰する」、「宇宙から生命をもらったのだから死ねば宇宙に戻る」という一徹な回答がある一方、「わからない」という回答が19％ある。これは死について考えたことがないという人々であろう。　＊＊＊＊＊転載終わり

人は死ぬとどうなるかなんて、いいテーマですねえ。私の専門です。「肉体も精神も消滅するけれども、意識体としての魂は永遠に残り再生する」という回答が43％もあったということは、もしかして心霊学がこんなに普及していたということ？　江原さんのお陰？　いいや、仏教でも無限に輪廻転生すると教えているから、単なる霊魂不滅説を信じているだけなのかもしれません。

でもまあ、半分近くの人が、死んでも意識生命体として生き続けると考えているということは、「この場限りの人生だから、他人のことなど気にせずに自分の好きなように生きていればいい」とは思っていないということですね。現在はそれまでの過去生の積み重ねの結果だし、永遠に続く未来を思えば、いい加減な気持ちで今を生きることはできない。それが分かっている人が半分近くもいることに安心しました。

戒名やお墓にかけるお金があったら貧しい人たちのために寄付したほうがよほど死後のためになるのですよね。このことに気がつくのは、たいてい死んでからですが。

今日ぐらいは嘘をつくのはやめましょう

4月1日の今日は、嘘をついてもよい日ということになっています。でも、こんなに日常生活のなかで嘘が堂々とまかり通ってしまっていると、わざわざ嘘なんてつかなくても、今日一日ぐらいは嘘をついてはいけない日にしたほうが現実的なんだよね、政治家のみなさん。

日本国憲法には軍隊は持ってはいけないと書いてある（九条）し、戦争に参加してはいけないと書いてあることぐらい誰でも知っているけれど、日本には軍隊があって、イラク戦争に参加しています。政治家は憲法を遵守しなくてはいけないと書いてある（九十九条）けれど、コネズミは守るどころか、解釈に嘘を加えて国民を騙して平気な顔をしています。

歯科医師会から1億円貰ったのに、覚えていませんと大嘘ついて、引退直近の仲間に罪をかぶせて頬かむり。さすがに現役じゃまずいと思ったのか引退はしたけれど、昔の名前で呼ばれると嬉々としてコキントーなんかのご機嫌取りに中国詣。上がそうだから、下々は嘘はついてもバレなきゃ平気とばかり手抜きマンションを作って儲けようとする輩から、粉飾決算で誤魔化して株価を吊り上げて騙そうとする輩。

だからと言って、自分もそうしようなんて思っちゃいけませんよ。確かに正直者が馬鹿を見るような世の中ですが、お天道様は見ていますよ。言葉と行動はブーメランのようなものです。今は苦しくても、正しいと思ったことをしておけば、いつか正しい答えが返ってくる。誰も見ていない、バレなきゃ得したなどと思って邪《よこしま》なことに励めば、それ相応の結果になるのです。嘘なんてつかないで、正直に生きましょう。結局はそれが一番早道なんです。

私とは、あなたとは

人間とは120万年前、アフリカで二足歩行する猿が現れて、それが進化したものであるというのが、定説になっています。それは人間を地球上に棲息する他の生物と同列な観点から論じたものです。心霊学では、人間の本質を意識生命体としての霊として見るから、人間が猿から進化したものだとは考えません。猿はこれからもずっと猿であり、人間にはなりません。私たちは人間の形をした生物に宿って自分を表現しているのです。

気の遠くなるような長い時間をかけて、地球を作り、そこに生物が生息できる環境を整え、自ら思考する能力の高い霊長類という生物を作り出しました。それは突然変異でもなく、偶然でもなく、全て完全な計画によっています。どの民族にも伝わる、天地創造の話を唯物的に理解しようとするから分からないので、意識とか、心といった目には見えない力が働いて人間という生物を作り出したのです。そこに成長過程ではあるが個としての魂が宿り、さらに進化成長していく過程と捉えれば分かるでしょう。神とは宇宙意識なのです。大霊とはそれを司るエネルギーであり法則なのです。

人間を一つの生物と考え、人生は一回だけだと考え、死とは、その人にとっての終わりだと考えることの空しさよ。それでは何のために学び、他人に尽くそうとするのか分かりません。一回だけの人生ですべて完結するのであれば、それもいいでしょう。しかし、人生はいつも不完全であり、完全燃焼できたなどという人はいません。さらに、それではあまりに不平等で不公平です。神の天秤は正確で一分の狂いもないと言われるのは、不公平を公平に変えるための仕組みがあるからです。

大霊の火花、小さな分霊（わけみたま）として宇宙を彷徨い、植物から動物へと宿って進化を続けてきた魂は、やがて一人の人間に宿れるまで進化します。その時から一つの個性が芽生えるのです。インディビジュアリティー、意識生命体としての霊的個性の誕生です。そして、何度か再生を繰り返しながら、さらに進化を遂げて、やがてはもう生まれてはこない、地上生活から卒業するときがやってくるのです。それまでは気の遠くなるような長い、長い時が流れていきます。全てはなるようになっていくのです。何も心配せずにゆったりと身を委ねていましょう。

個人的存在の彼方

今日も朝からぐずついた天気ですね。仕事が休みだったのでどこかに出かけようと思っていたのですが、この天気なので本でも読むことにしました。フレデリック・マイヤースの「個人的存在の彼方」です。浅野和三郎氏の抄訳ではなく、近藤千雄氏の全訳が心の道場から出版されていましたので、先日取り寄せておいたものです。

この本の素晴らしい所は、生前イギリスのＳＰＲ（心霊現象研究協会）で会長まで勤めたことのあるマイヤースが、死後30年ほど経ってやっと準備が整ったということで、心霊研究家の知りたいことを詳しく知らせてきたことです。

１９３３年頃のことです。数年後には世界大戦が始まることが見えていたようで、第一部、第一章ではそれを告げています。マイヤース本人かどうかは、生前親しくしていた複数の人たちの証言があります。霊界通信としてはイギリスの三大霊訓がありますが、それらに勝るとも劣らない内容と格調の高さもさることながら、矛盾するところがない点も素晴らしいです。

最も知りたかった類魂に関するところは、近藤千雄先生がシルバーバーチの霊訓他の著書でいろいろ引用されていましたので、目新しいところはありませんでしたが、改めて原文を読んで前後のやりとりも分かり感動しました。類魂に言及しているのは、マイヤースだけですからね。なんでこんな重要な本を今まで読まなかったんだろうと悔やまれましたが、一般の出版社では扱っていなかったので後回しになっていたのです。これも心の道場が自費出版してくれたお陰です。

巻末には編纂したギブス女史と受信者のカミンズおよびマイヤースとの自動書記通信の様子なども書かれていて、心霊学に関心のある方にはぜひ読んでいただきたい一冊です。

綾香ちゃんと豪憲くんのこと

読みたくないでしょうが、自殺の話です。8年連続で3万人ということなのですが、不覚にもその中に小学生がいるとは考えたことがありませんでした。小学生でも自殺するんですねえ。少ないですが、毎年十人近くいるようです。なぜ、こんなことを書くのかというと、察しの良い方はお気付きかもしれません。綾香ちゃんの水死事件は、もしかしたら自殺かもしれないと近所の人たちは噂しているようです。

鈴香という馬鹿女は豪憲君の事件でも証拠が見つからないけれど、状況はまったくクロで死体遺棄で逮捕されました。綾香ちゃんが母親の仕打ちに絶望して自殺したという条件はそろっているようです。男が来れば冬でも外に出されて家に入れてもらえないとか、食事が与えられていなかったとか、与えられてもカップ麺で、ガスが止められた状況では食べられなかったとか、雪の残るあんな寒い日の川へ水遊びに行くはずがないとか、町内の誰もが事故死とは思っていないとか言われては、自殺もあり得ることです。

ネグレクト（育児放棄）だとは近所でもよく知られていたようで、見るに見かねた人たちが食事を与えたり、給食は他の子の倍は食べていたなどと聞くと、なぜもっと早く手を打てなかったのだろうと悔やまれます。体罰などで病院の世話にならないと、児童福祉施設は動かないのでしょうか。後悔先に立たずですが、もし綾香ちゃんが保護されていれば豪憲君の事件は起きなかったかもしれません。

私はあくまで自殺という行為を否定するものですが、生まれて物心ついてみたら世の中真っ暗だった綾香ちゃんのことを思うととても責められません。あんな馬鹿を親に選んで生まれてきた綾香ちゃんの健気な気持ちを無駄にしてしまったことが残念でなりません。豪憲くんも綾香ちゃんも安らかにね。

dreams come true

90歳を過ぎても現役でバリバリ活躍している、日野原重明先生をはじめとして何人かのスーパーお爺ちゃんがいらっしゃいますね。

特に私が注目していたのは、サイ科学協会の関英男先生、発明家の政木和三先生、医者でエージシュートの世界記録保持者、塩谷信男先生のスーパートリオで、座談会でも企画したら面白かろうにと思っていたけれど、残念ながら関先生はお亡くなりになったと聞いています。

塩谷先生は兄弟で心霊学に造詣が深く、弟さんも日本心霊科学協会の理事長を勤められましたが、弟さんのほうが先に亡くなられました。お兄さんの信男先生は著書も何冊か出されていますので、ご存知の方もいらっしゃると思いますが、私が知ったのは独特の呼吸法です。ゆっくりと吐いて止めて、吸って止める。最初、慣れないとちょっと苦しいけれど、慣れてくるに従い、止める時間を長くする。すると止めている間、思考も止まるんですね。雑念が消えてなくなります。心が静まってきて精神統一されます。そしてこうもおっしゃっています。祈りや願いは一度そう心に描けば、もう届いているのだから、そう成ったと思い込んで忘れてしまいなさい。思いは過去完了形にしなさいとおっしゃっていました。するといつか必ず叶うと。

これを心霊学的に説明すると、あの世では時間がないから思ったことはすぐに現実化するのですが、この世にはやっかいな時間というものがありますから即ではないが、この世もあの世の一部分ですから、そのうち現実化するということなのです。忘れてしまえというのは執着するなということかもしれません。私は心のどこかで留めておいたほうがいいような気もしますが、いずれにしても夢はいつか必ず叶うということは信じています。

終身刑を設けるべきではないだろうか

1999年山口県光市で起きた母子殺害事件で、事件当時18歳であった被告に対しての上告審判決は「1、2審判決が認めた情状酌量すべき事情は死刑を選択しない十分な理由と認められない」として審理を差し戻しました。差し戻し審では新たな事情が認められない限り死刑が言い渡される公算が大きいと、今日の東京新聞は伝えています。

日本では18歳未満には死刑は適用されませんが、被告は事件当時、18歳になったばかりでした。しかしあまりに冷酷、残虐無比な犯行だったために裁判所も弁護人も迷い、世論も沸騰しました。法律とは無慈悲なものです。たとえ一日でも過ぎていれば18歳であり、死刑は成立します。1、2審の裁判官は人の情を汲み、僅かに酌量したのが否定されました。それは現実的には無期懲役がどのように運用されているか、知るべきです。無期とは期日がないということです。以下国会での答弁記録から一部転載します。

衆議院議員保坂展人君提出死刑と無期懲役の格差に関する質問に対する答弁書

昭和二十年から平成十一年までの間に無期懲役が確定した受刑者の数は、三千三百七十一人である。仮出獄となった無期懲役受刑者について、各年ごとに、当該年に仮出獄した者の仮出獄までの平均服役期間を調査し得る範囲で調べた結果は、別表一のとおりである（表によれば、おおよそ15年から20年である）。

無期懲役受刑者の仮出獄の要件については、刑法第二十八条及び少年法（昭和二十三年法律第百六十八号）第五十八条に定められており、改悛《かいしゅん》の情があるときは、十年（少年のとき無期懲役の言渡しを受けた者については七年）を経過した後、行政官庁が仮出獄を許すことができるものとされている。

仮出獄を認める際の基準については、仮釈放及び保護観察等に関する規則（昭和四十九年法務省令第二十四号）第三十二条に定められており、悔悟《かいご》の情、更生の意欲、再犯のおそれ及び本人を仮出獄させることについての社会の感情を総合的に判断し、保護観察に付することが本人の改善更生のために相当であると認められるときに仮出獄を許すものとされている。＊＊＊＊＊転載終わり詳しくは「無期懲役」で検索してください。日本には終身刑というものがありません。要するに、18歳になったばかりであることに情状酌量して無期懲役に処せば、たかだか7年ほどで出てくる可能性があるし、そうでなくとも最長20年もすれば社会復帰するということです。かといって、私は死刑には反対です。

死刑は犯した罪を償うことにはなりません。心情的報復であり、殺人だからです。

死刑と無期懲役の間にあるものは、終身刑です。終身刑は死刑より残酷であるという意見もあるようですが、死刑が本人の更正に役立たないものであるならば、終身刑が妥当ではないでしょうか。一生かけて罪を償う日々を送るべきです。事件は残酷というより他に表現の仕方がないのですから。

ひとりごと　ぶつぶつ

毎日、ぶつぶつと文句ばかり書いているせいじゃないでしょうが、私の守護霊はある日、私にこう言いました。

「文句ばかり言うんじゃない。いい人生だったたじゃないか」

「だったじゃないか、ですか。もうそろそろだということですね。文句じゃなくて、それこそ残り僅かなのに、こんなことでいいのかな、もっと何かやることはないものかと悩んでいます」

「器というものがある。分相応ということだな。できることをやればそれでいい」

確かに私という魂にとっては、いい人生だったかもしれません。何度生まれてきても、依然として生きる目的を知らずにいる人がたくさんいるのに、私はこの人生の中で答えを見つけました。これだけでも充分です。人類が発生してから、どれほどの年月が経つのか知りませんが、ずっと探し続けてきた答えです。人間はどこから来て、どこへ行くのか。生きることとはいかなることか。死ぬこととはいかなることか。人生とはいかなるものか。

「あなたはもう生まれてこない」そうも言われました。欠点だらけ、こんな小さな魂なのにですか。まだまだ、やらなければならないことがたくさんあるような気がするのですが。私が学んだことをもっと大勢の人々に伝えたい。どうしたらいいんだろう。聞く耳を持った人が少ないのも悲しいです。

勉強していい学校に入ったり、大会社に入ったり、お役人になってたくさん月給を貰ったり、事業を興して世の中の動きの先を読んで成功させ大金持ちになったりすれば、それは一般的常識から見れば人生の成功者ということになるのでしょう。名声や地位を求める人もいて、それを得られれば成功者と呼ばれます。でも真の成功者とは人生の目的を果たした人のことを言うのではないでしょうか。私は経済的には恵まれることもなく、いつもピーピー言いながら暮らしているのだから、世間的には誰も成功者だなんて思いません。でも本人は成功とはこういうことなのだと密かに思っています。

大会社に入ったり、お役人を目指したり、事業で成功することは、それはそれでとてもいいことだけれど、それが目的だったりしたら、私的な判断からすれば、まだまだなんですね。それらはあくまで手段で、そこからどうして自分を社会に奉仕させられるかでしょう。守護霊もそれが分かっているから、一生懸命後押ししてくれるのに、大部分の者は手段を目的と間違えたり、欲に目が眩んで執着するようになってしまいます。そこで守護霊との絆が切れます。はい、もう一度人生やり直し。

子供は親を選んで生まれてくるのです

心霊学では常識でも、世間一般では非常識というのが、死後に意識が戻るということですが、まだ他にもいくつかあるので、続きを書いてみようと思います。人間を生物学的にしか見ないと、猿の進化の末ということになりますから、子供は親を選べないという発想になります。オスとメスが性交して受精すると子供が生まれるし、偶然生まれた子供は環境を選べないというものです。

ところが心霊学では人類と呼ばれる生物に意識生命体とも呼ばれる本体が、受精の瞬間ないし、そんなに遠くない時期に宿るという考え方をします。生物学だけではなく哲学的な要素、すなわち生まれた後に辿る人生のおおまかな粗筋を知らされたり、選択したりして、どのような環境で人生を送るのか知っているというのです。これは魂の生まれ変わりということも言っています。

心霊学の根幹を成す考え方、生命の永遠性ですね。生命とは霊であり、大霊の一部であるがゆえに無始無終の彼方から永遠の未来まで進化の旅を続けると言われます。霊界から伝えられたメッセージでは、その詳しい仕組みまではまだ知らされていません。ただ現在が過去の行動の結果であるということを踏まえて、本人とそれからの人生の守護の任に付く方と、産土神との三者会談が持たれると聞きました。

あなたも神様、私も神様

ホトケというんだから、多分仏教の影響だと思いますが、人は死んだら誰もがホトケになるという話があります。これも心霊学からいえば非常識なことで、死んで皆が仏様になってくれたら、そりゃ言うことないけれど、本当は死んでも何も変わりません。自分を表現する道具が肉体から幽体に変わるのと、住む場所の次元が変わるだけで、心のねじくれた人は死んだあとも、ずっと心はねじくれたままだし、物欲、性欲に執着していた人は死んでもそのままですから、思念でお金を作り出して喜んでいたり、疲れを知りませんからセックスに明け暮れる人もいる。だからみんな死んだら天国（笑）です。

仏教の言葉に悉有仏性《しつうぶっしょう》というのがあります。何物にも仏性が宿るという意味です。この仏性という言葉と心霊学でいう霊性が同じなら、心霊学でも同じように、全てのものは霊性を持っているといいますから、考え方は同じなのですが、なぜ仏教は死んだら仏になると言ったのでしょうか。死んだ後は済んだことゆえ水に流して、死人には鞭打たないとしたのでしょうか。もしそうであれば、パレスチナ人とイスラエルの人々にぜひ教えてあげたい。一度水に流して恩讐を越えないと平和にはならないでしょう。

この世における物質というのは、意識がこの世というとても波動の低い世界に合わせて固体化したものですから、霊性を帯びているのは当然ですし、肉体はその総合物であり、そこに宿る意識生命体こそは大霊の一部、神の火花ですから未熟ではありますが、私たちは皆、神様なんです。あなたも神様、私も神様、死んで神様になるのじゃなくて、今も神様、仏様なのです。だけどまだ完全じゃないから完全に向けて、転んだりずぶ濡れになったり、生まれ変わったりして霊的進化向上の旅を続けているのです。それが人生の大目的なのです。そういえば一遍上人というお坊さんも、人は皆仏様だといって全国を拝んで歩いたという話を聞いたことがあります。どんどん宗教臭くなってきましたね。そろそろ止めときますか。

反平和主義

喧嘩している人を見かけたら、普通は二人の間に分けて入って、取りあえず殴りあうのだけは止めさせて、お互いを冷静にさせて、事情を聞くなりするのが常識ってものだと思います。コンドリーザ・ライス長官の考え方は、相手が二度と立ち上がれないほど痛めつけられるまで待ってから、やおら強い方の手を挙げて勝者宣言をさせようという、いわばレフリーの役をしようというわけですか。

思惑通りいきますかね、ヒズボラは手強いですよ。そう簡単にギブアップするとは思えません。時間がかかればかかるほど、世界世論は弱者の味方となります。ここでもアメリカの論理は破綻しています。

それはアメリカが世界の警察として、紛争が起きたら強大な武力を持って制圧してきたという自信からきているのかもしれませんが、過去の歴史を検証してみても分かるとおり、一時的に制圧はしても、それでその国が平和になったという例は一つもありません。属国になって平和ボケした例なら一つだけ、もちろん日本のことです。

アメリカという国は過去から学習する能力に欠けているのでしょう。一時的に制圧しても、一人残らず殺してしまわない限り民族性は蘇るもので、貧者の武器としての無差別なテロが頻発し、勝者の思い通りの平和など迎え入れられるはずもありません。ベトナムはどうだったのか、アフガニスタンはどうなるのか、イラクも泥沼、そしてレバノン。

しかし、アメリカとは反平和主義国家だとすれば納得のいく話で、こうして世界のどこかで戦争があったほうが儲かるのです。仲裁などしないで、どんどん派手にやってもらえばイスラエルに武器を輸出できます。コンドリーザが仲裁を手控えている理由もわかります。我々はそんな国の属国ですから、平和なんて軽々しく口にしないほうがいいかもしれません。空しいだけです。

正しい戦争なんて一つもない

1945年8月15日、日本は戦争に負けて、それ以来アメリカが作った憲法とはいえ、世界に向かって胸を張れる立派な憲法の下でずっと平和な時間を持つことができました。今やほとんどの国民は戦争体験のない世代になってしまい、戦争がいかに悲惨なものかを体験的に知る人はほとんどいません。

しかし、今も世界の各地で戦火は収まることなく、罪もない人々が血の海の中を逃げ惑っています。どうして戦争はなくならないのでしょうか。どうしたらこの地球という星から戦火を止めることができるのでしょうか。

イデオロギーの違い、宗教の違い、民族の違いなどが、こうした紛争を生んでいると言われてはいますが、違いはあっても、昔から仲良く共生していた民族もありますから、一概にそうとも言えません。私は、紛争こそが金儲けの手段とばかりに、双方に武器弾薬を売りつけている勢力が、この地球からいなくならない限り、紛争はなくならないのではないかと思っています。

小さなところでは、サウジアラビアのカショーギなどの武器商人もいれば、大きなところではアメリカという国家自体が戦争経済がなければ成り立たなくなっている国もあるのです。国連などの常任理事国は全て核や武器を生産して、それが国家の大きな収入源となっているのだから、いったい国連とは何かを改めて問うてみたいものです。

そんな中、国連の常任理事国になりたいと言ってみたり、軍隊を派遣しなければ国際貢献にならないなどと、顔は日本人でも頭の中はすっかりアメリカンになった若者たちがグローバリゼーションを説くけれど、それが洗脳ってものの怖さです。日本人にしかできないことを、世界に向かって手本としてやるのが、本当の国際貢献となるのです。自衛隊を自衛軍と呼べるように憲法を変えるのではなくて、自衛隊を世界救援隊として訓練すれば改憲なんてしなくていいのです。武器より愛を世界に広めましょう。

ありがとう教

冴えないお天気が続いて気分が滅入りますが、こんな時こそ落ち込まないでカラ元気でもいいから回りに笑顔を振りまきたいものです。ところで、近頃「ありがとう」とか「ついてる」と言うと運が良くなるとかで、意味もないのにやたら、ついてるやらありがとうやらを言うのが流行っているようです。確かに、プラス波動の言葉を言えばプラスの波動がまわりに出るから、悪いことではないのは確かですが、ほどほどにしないと「ありがとう教」みたいで変ですよ。

人生に平らな道はないので、いつも嫌なことや苦しいことが待っています。そんな時に、「ああ、これは神様が私に出してくれた宿題なんだ。有難いプレゼントなんだ」と思ってありがとうございます、という気持ちを持つか、「ああ、なんで私だけがいつもこんな目にあわなくてはいけないのか」と不幸を呪うかでは、確かに、前者のほうが前向きに行動できるし、プラス波動が出ていますから、物事はうまく運ぶにちがいありません。

物事のそもそもの原因を作るのは、思い、言葉、行動で、言葉自体にも力がありますが、ただ闇雲にありがとうとか、ついてるとかをのべつ幕なしに言って運を引き寄せるというのは、明らかに邪道です。ありがとうというのは、誰かが何がしかの有り難いことをしてくれたことに対しての感謝の言葉です。まだ何もされていないのに、挨拶代わりにありがとうと言うのは、常識としておかしいでしょう。相手だって気持ち悪いですよ。気持ちのこもってないありがとうを百回言ったり言われたりするよりも、一度だけ心をこめて言ったほうが相手にだって通じるし喜ばれると思いますよ。

流行るとすぐに飛びつくのが日本人の悪い癖です。テレビや漫画文化の影響で深く考える習慣がないから洗脳されやすい。もっと理性的な感覚を持たないと宗教ビジネスに嵌《はま》りますよ。

アセンション

「奪われし未来」と「世界があなたを変える日」という二冊の本を読みました。これらの本からは、我々人類の選択した道がどうやら大きな間違いだったということが分かります。間違いに気付いたらすぐに方向転換をすればいいのですが、世界を動かしている一握りの人たちはそんなことにはお構いなく、今も目先の利益を追求することに血道をあげています。

この星には限られた資源しかありません。この限られた世界の中で、人類が未来永劫に持続可能な生活を送るためには、限りある鉱物資源に頼るのではなくて、太陽のエネルギーを受けて成長する植物資源を有効に使うことをまず考えなくてはいけないのに、使えば使うだけ少なくなってゆく、化石燃料などの奪い合いが、戦争の元となっています。

人間はいつになったら、こうした物質的欲望から解放されるのでしょう。

限りあるものは、奪い合うのではなく分かち合うのが本当です。弱いものから収奪するのではなくて、救いの手を差し伸べるのが強者です。間違いに気付いたら、反省して二度と繰り返さないようにするのが進歩です。伝説のスピーチをしたセヴァン・スズキに笑われてしまうようなことを、未だに止めません。

心霊学的にいえば、この地球上で人間は他の動物たちのリーダーとなる能力を授かっているはずなのに、有効に使えていないばかりか、害にさえなっています。もし人類が本来の意識に目覚め、持てる能力を存分に発揮したなら、今まであれほど悩んだエネルギーの確保などで苦しむことはなくなるのです。物質を転換することによって得られる、既存のエネルギーではないエネルギー、宇宙空間に無限にあるエネルギーが使えるようになるのです。地球よりも進んだ星の人たちが当たり前のように使っているエネルギーです。

そのエネルギーが使えるようになるには、いくつか条件があります。今のように強いものが弱いものから収奪する猿山のボス猿のような真似を止めることです。物質的なものが全てだと思い込むから欲が絶えません。意識をモノからココロへ移し、本当に大切なのはモノではないことに気付かなくてはいけません。人類に与えられた内在する無限の力に気付きましょう。アセンションは外部からなされるのではありません。ひとり、またひとりと意識が向上していき、その波動が世界の隅々まで届いたら、この星はもう三次元低位の星ではなくなるのです。

時間の挟間を漂って

麻酔などは、長くても24時間ぐらいで切れてしまうものですが、今回の手術で72時間も意識が戻らなかったのは、前回よりかなり危険な箇所を切っているからというより、多分、私が肉体に戻ることを嫌がったのではないかと考えています。「もう、あんな辛い世界には戻りたくないよう」と駄々をこねる私に、「いいや、あなたは戻らなくてはいけない。あなたにはまだ成すべきことが残っている」と説得する背後の皆さん。それでも嫌がる私に対して、「ほら、聞いてごらん。あんなにも多くの方々があなたのために祈ってくれているのだよ。あの祈りに応えてあげなさい」というようなやりとりが延々と繰り返された挙句の結果かどうか、定かではありませんが、こんなにも長く意識が戻らなかったのには、こんな理由があると思ったほうが合点がいきます。

今回、大動脈瘤があったのは、心臓から上方に向かって伸び、逆U字型に降りる曲がった部分で、ここからは脳に向かって2本の頚動脈も出ています。したがってこの部分を人工のものに入れ替えるには、頚動脈も切断しなくてはなりません。頚動脈を切断している間は、別の循環器を使って脳の血流を動かしておかねばならず、体全体は体温を20度前後まで下げて手術が行われました。説明を受けたとき、こんなことが可能なのか、自分自身が納得するのに時間がかかりましたから、3日間意識が戻らなかったのは、単なる医学的結果だったといえるかもしれません。

苦しいのは、意識が戻ってからです。人工呼吸器をつけていますから、話すことはもちろん、自分ではほとんど体を動かせません。ナースコールのボタンを押して看護士を呼んで、指で文字を書いて意志を伝えます。意識が戻ったことを知った看護士が私に伝えたことは、今日は9月30日ですとベッドの横のカレンダーを指差してくれました。ぼんやりとした頭で、確か前回は1日で意識が戻ったことを思い出し、もしかして、この手術は失敗したのではと思いました。

何もできないときほど思考だけは働きます。原因と結果の法則、そのときの状態から推し量れば過去が見えてきます。いつの時代か分かりませんが、世直しを大義名分にして剣の力に若い血潮をたぎらせたのでしょう。何人かの人に斬り付けて思いを遂げようとしたのでしょうが、力で世の中を変えることはできません。いつの時代にも人を傷つければ罪人です。明るい太陽の下では生活できないような人間に落ちぶれて悔いの多い人生だったでしょうね。

昭和18年、太平洋戦争中、産めよ殖やせよの掛け声に応えて、名も知れぬ貧しい農家の末っ子として私は生まれました。大自然に囲まれた、およそ政治的風土とは関係のないような環境で少年時代を過ごしたのですが、そのままその土地での平穏な人生は選びませんでした。上京してからは波乱万丈を絵に描いたような人生で、回顧録でも書けば、きっと面白いに違いありませんが、これ以上恥を晒すことはできません。

人生とは地図のない土地を彷徨うようなもので、失敗を繰り返しながら、それでも40歳を過ぎたころ、一冊の本（『古代霊は語る――シルバー・バーチの霊訓より』潮文社）と出合いました。その本には、私が今まで抱いてきた疑問の答えが全て書かれていました。それから、私は変わったと思います。全く別人のようになったのだから、女房が呆れて出ていったのもごく当たり前のことだったかも知れません。世直しなんて考えて馬鹿でしたね。相手を変えるんじゃなくて自分が変われば相手も変わる。イデオロギーじゃなくて一人一人の意識の向上が世界を変えることにやっと気がつきました。ここにたどり着くまで長い、長い時間がかかりました。

覚醒とか、意識の向上とかは決して他人から教わって理解するものではありません。壁にぶつかったり、傷ついたり泥だらけになりながら、自分の力で手にするものですから、苦労の多い人生のほうが機会が多いのです。確かに自らの中に神の種子が眠っていることに気がつき、水をやり育て始めることが意識の目覚めなのです。そういった人々が一人、また一人と増えていくことで、世界は変わります。

地球もアセンションするのでしょう。時間はかかるでしょうね。でも時間は無限にありますから、焦ることはありません。ゆっくり、ゆっくりでいいのです。あなたも私も永遠の存在だからです。

かいま見たもの

手術は3階で行われ、終わると4階のＧＩＣＵ（中央集中治療室）、そして7階のＣＲＣＵ（集中治療室）、一人でトイレに行けるようになると一般病室と順次移されます。意識が戻ったのはもちろんＧＩＣＵで、人工呼吸器他スパゲティ人間状態ですから、話すことも身動きもできません。一番苦しい時です。前回は一日で意識が戻りましたが、今回は手術から4日目で、思い出しても時間が止まったような状態で、これからはさぞ辛いだろうと考えていました。

できることといえば、思考することぐらいですから、頭の中を次から次へと思いが巡ります。止まった時間を過ごすことは本当に辛いのですが、今回は右側に窓が見えて、外の明るさが伝わってきました。昼か夜かぐらいはそれで分かりました。そのうち、視界のほとんどを占める天井が何かの模様のように見えてきました。壁や天井をじっと見ていると、模様が人の顔や動物や景色などに見えることが誰にもあると思いますが、その時も、そんなものなのだろうと思っていました。

もちろん眼鏡はかけていませんので、もしそれが天井の断熱ボードの模様やしみなどであれば、ぼんやりとしか見えないはずですが、なぜかキチンとピントも合っていてはっきり見えるのです。天井は平面ですが、見えているものは奥行きもあり、立体的なものでした。それはときに、風景のようであったり、パターンであったり、イラストレーションのようなものもありました。曇りのない銀一色であったり、極彩色であったりしました。見たこともない美しい花も咲いていました。葉も花も鮮やかでしたが、なによりも透明感がありました。それらのものが静止しているのではなく、躍動しているのです。

夢をみていたのではありません。目を閉じると見えなくなってしまうからです。

10月1日までGICUにいて、2日からはCRCUに移されました。CRCUではもっと不思議なことが起きました。消灯時間は9時ですが、部屋の明かりが消されると、CRCUの天井や床にびっしりと経文のような文字が浮かびあがってくるのです。消灯といっても24時間介護で、介護士や医者のデスクは明るくなっていて暗闇ではないので、床や天井もはっきりと見えます。そこに文字が書かれているのです。CRCUに移ってからは呼吸器は外されていましたので、眼鏡をかけて見てみましたが、眼鏡にはまったく関係なく、部屋の隅々までしっかりと焦点があって文字が見えます。

無学な私には、どんな経文で何が書かれているのかは分かりませんでしたが、肉体の目で見ているのではないことが分かりました。体の波動が落ちていたので、霊の目が働いていたのです。若くて綺麗な看護士さんがきたので、そのことを言ってみたら、もっと驚くことになりました。その看護士さんは「あら怖いわ、本当なの？　前にも同じことを言った患者さんが何人かいたわ」どうしてこんな現象が起きているのかは理解できましたが、なぜ経文が書かれた世界がこの部屋を包んでいるのかは分かりません。多分日夜患者のために、回復を願って働いているスタッフの治療エネルギーが部屋中を満たしたために、起きているのではないでしょうか。

10月4日は私の63回目の誕生日でした。その日、私は一般病棟に移りました。点滴の管が一本ついていましたが、それ以外は全部外されていました。それ以後、そのような現象は見ていません。ＧＩＣＵもＣＲＣＵも一般病室も同じ断熱ボードが天井に貼ってありますが、いくら目をこらしてもダメでした。運良く４人部屋の外側で、窓を開けると神宮の杜や都庁舎が見えます。10月７日は台風一過、遠く西の空に初冠雪で薄化粧をした富士山が顔を見せてくれました。こんな時ほどこの山を見ると希望が湧いてくるのでした。

自殺しないで

ここのところ毎日、いくつもの自殺のニュースが入ってきます。数年前から自殺防止の役に立ちたいとホームページを立ち上げた私の心には、空しさだけが広がっていきます。人の心の弱さと、自殺すれば全て終わりになるという唯物的な考えがその選択をさせるのでしょうか？　なぜ生まれてきたのか、なぜ生きなければならないのかという、人生哲学が欠如しているからでしょうか？　それとも時代の風潮とでもいうように、やりたいようにやるだけやって、責任からは逃れたいのでしょうか？

命の尊さを教えなければいけない校長が、自ら自殺したのでは、子供たちに苦しくなったら自殺せよと奨励しているようなものです。先生、命とは何だか知っていますか？　なぜ生まれてきたのか、子供たちにちゃんと説明できる先生は何人いますか？　人生は困難の連続です。だから生まれてきた意味があるのです。

子供たちに生きていることの意味をちゃんと説明できない先生は、私のＨＰを読んでください。

平坦で苦しみも悲しみも何もないような人生はありません。誰でも死にたくなるような苦しいときはあります。そこで踏ん張って、涙をこらえて歯を食いしばって、頑張って乗り越えてこそ、あなたは一歩前進し、進化の階段を昇るのです。それこそが生まれてきた目的なのです。その大きな目的を知らず、絶望し、逃げ回っていたのでは、いつまで経ってもそのままで成長しないのです。

私たちは誰も偶然生まれたのではありません。生まれる前から綿密な計画を立てて、最も相応しい環境と時代を選んで、それぞれに合った目的を持って生まれてきているのです。苦しい大きな困難にめぐり合うことは、生まれる前から承知していたことなのです。その大きな壁を乗り越えることが目的で生まれてきたのに、投げ出して、逃げ出してしまっては、またやり直しになるだけでなく、魂に大きなダメージを残してしまうのです。

詳しくは、私のＨＰを読んでいただければ分かりますが、私たちの本質的なものは永遠に存在するのです。私たちは、過去からずっと生きてきたし、肉体がなくなってもずっと永遠に存在し続けるのです。死にたくても死ねないのです。終わらせたくても終わらないのです。自殺しても、無くなるのはこの世で自分というものを表現する肉体だけです。肉体がなくなれば、この世での苦しみからは逃げられたことになりますが、あなた自身はずっと存在するのですから、自分のとった行為に対して、ずっと苦しみ続けることになるのです。そのほうが、この世の苦しみから逃れるよりもずっと苦しいことなのです。

もし、今、あなたが、自殺を考えていて、このブログにめぐり合ったのなら、それは偶然ではありません。あなたの守護霊が、あなたに、これを読ませているのです。どうか、私のＨＰを一度読んでみてください。どうしたらいいか分からなかったら、どうぞ私にメールを下さい。一緒に考えてみましょう。あなたは決してひとりぼっちではないのです。

精神世界を彷徨う人たち。ぐっと冷え込んできて、いよいよ本格的に冬ですね。病み上がりには辛い寒さですが、こうなったら、どうしたらこの冬を有意義に過ごせるかと考えています。外に出ればやはり寒いので、部屋の中でできることといえば本を読むことぐらいしか思いつきません。幸いなことに、読むべき本はたくさんあります。来春にはスピリチュアリズムのお話をしに、全国、呼んでくださるところへは何処でも行こうと思っていますので、そのためには、もう一度今までに読んできた本を読み返しておさらいもしなくてはいけないので、それを考えると瞬く間に冬が終わってしまうような予感もしています。

イギリスの三大霊訓と呼ばれる本だけで、30冊ちかくあります。マイヤースも再び読まなければと思っています。読むたびに新しい発見があり、それまで気が付かなかったようなこともあって、これらをもう一度読むことはとても重要なことだと思っています。精神世界に興味を持たれる方は、江原さんの影響もあって増えているようですが、スピリチュアリズムとは何か、本当に理解して行動されている方はまだ少ないのではないかと思っています。それは、ただ字面をなぞるように、ただ読んだというだけで終わっているからではないでしょうか。

中には、精神世界の中を漂流しているように感じる方もいます。見えない世界はとても不思議なことが多いし、目移りするようなことを言われることもありますので、ついあちこち気持ちが移っているうちに、時間だけが過ぎていくのです。私も当初、乱読に近かったのですが、幸いなことに、すぐ三大霊訓と言われるものに出会って、これこそが根幹になるものだと直観しました。これらを熟読すれば、他の本は全く読む必要がないと言い切っていいと思います。これらから見れば、他の本は全て枝葉です。枝葉にばかり心を奪われて、彷徨っている人が結構多いのです。まっすぐ進めば間違いなく岸にたどり着けるのに、精神世界の池の中を堂々巡りして、いつまでたっても岸に着けないのに、自分はもう何十年も研究をしているというのです。

天国に蔵を立てる

バックミンスター・フラーというアメリカが生んだ天才がいます。宇宙船地球号という言葉は彼が最初に使ったのだと思います。建築家、数学者、発明家など、現代のレオナルド・ダ・ビンチと言われるほど多才でしたが、若い頃は自分の才能に溺れているようなところもあって、名門ハーバードは退学になるし、友達と作った会社は倒産、娘を病気で亡くしたり、奥さんには出て行かれるしで、遂に絶望してシカゴのミシガン湖で入水自殺を図ります。

ところが湖で頭を冷やしたのが良かったのか、月光を浴びて突然閃きました。

天才の天才たる所以です。〝なぜ、何をやってもうまくいかないのか？　それは、全て自分の成功を第一に考えて行動していたからではないのか。これからは自分のためではなく、他人のために生きてみよう。そうすれば神は私を見捨てないだろう〟と。今まで何事もうまくいかなかったのは利己主義のせいだから、これからは利他主義にしようと180度考え方を変えたのが凄いところです。

人生は平坦な道だけではありません。必ず岐路があります。その時どうするかでその人の価値が決まると言ってもいいと思います。解決できなくて自殺する人も大勢います。私にも50歳を迎える寸前になって岐路がやってきました。自殺も考えましたが、どうなるか知っているから、とても自殺なんてできません。そこで私は生まれ変わったつもりで、もう一度人生をやり直そうと決めたのです。バックミンスターの言葉も参考になりました。これからは自分のためではなく、他者のために生きる。これまで学んだことを実践しなさいということだったのかもしれません。

それまで付き合いのあった仕事関係の人たちと連絡をとるのをいっさい止め、身の回りの物だけ持って家を出ましたから、私が蒸発したと思った人は多いはずです。

持っていたいくつかの不動産などにも愛着はありませんでした。安いアパートの一室を借りて生まれ変わった人生を歩き出したのです。私は手先が器用で家庭のことなら何でもできるし、体一つでできるからと便利屋を始めることにしました。ワープロを使って宣伝文を書き、それをコピーして配って歩きました。最初の商売道具は移動のためのママちゃりだけ、携帯電話を買うお金もなかったので、娘のお年玉をちょっと借りてポケベルを買いました。仕事用の名前も考えました。〝矢国立蔵〟もちろん役に立つから来ているのですが、矢から最初のチョンを取ると天国に蔵が立つという意味でもありました。オレはこの世に蔵を立てるために生まれて来たんじゃない、いつかきっと天国にこそ蔵を立ててみせると誓ったときでもあったのです。

ワープロでチラシを作ってママちゃりで配って歩いたけれど、それですぐ仕事が来るほど世の中は甘くない。とりあえずは、明日の飯代もままならないのだから、現金収入を得るために午前中はビルの清掃をして、午後だけ便利屋として働くことにしました。それまで私がしていた仕事といえばアニメの撮影で、それも日本のトップクラスのアニメーターとの仕事が多くて、かなりプライドが高いというか、ほとんどプライドだけで生きてきた人間だったので、これは辛かったです。それまで上から下を見降ろしてきたので、下からも見てみるべしという神様の思し召しだったのでしょう。この世というのは、上から見ていたのでは本当の姿は分からない。政治家を見れば、およそ察しのつくことです。

他人のためになる仕事、人の嫌がるような辛い仕事を選べば、必ず神様は私を食わせてくれるだろうという信念は、それからまもなく現実化しました。神様の御心に沿った思いは必ず叶うことを体感しました。私の家ではそれまで犬を飼っていて、近所の公園に散歩に連れていっていたのですが、そこで知り合った犬友達が、仕事をくれたのです。こういうのは口コミといわずにイヌコミというのでしょうね（笑）。一生懸命やるのを自力といいますが、この時ほど背後からの力添えを感じたことはありません。他力が働いたのです。

仕事で一番多かったのは犬の散歩で、一日に最高で10頭以上散歩させたこともあります。アメリカの犬の散歩屋さんをテレビで見たことがありますが、アメリカの犬はキチンと躾《しつけ》ができているので、たくさんの犬を一緒に散歩させても喧嘩しません。各家庭に次々と迎えに行きながら、前からの犬を戻してコースを一巡するシステムでしたが、私の扱った犬は一緒には散歩できなかったので、一軒一軒1時間かけて、それぞれのコースを回るようにしていました。時間がかかりますから、夏休みやゴールデンウィークなどの家族旅行の多い時期など、オーダーが多いと、朝は暗いうちから散歩を始めなくては間に合いませんでした。

　朝の散歩が終わると食事をして、ちょっと休んだら昼間の仕事。例えば、庭の芝刈りとか草むしりだとか、家の中の掃除とかで、また夕方からは犬の散歩。結構きつかったけれど、心は充実していました。それが約8年続いて9年目に入った頃、再び転機がやってきました。

　仕事に出るのに靴の紐を締めようとして、前かがみになった時、背中の筋がビチッと切れたような音がして、そのまま動けなくなりました。仕方なく先方には事情を話して仕事をキャンセルしてもらい、医者に行こうとしたけれど、自転車にも乗れません。前かがみになれないので、靴下も履けません。トイレも大変でした。痛む体で、あちこち医者を訪ねたけれど、原因は分かりませんでした。

　数ヵ月後、レントゲンやＣＴスキャンを撮ってみて本当の原因が分かりました。胸部大動脈瘤、心臓の近くの大動脈に瘤《こぶ》ができていて破裂寸前、その部分を切除して人工の動脈に入れ替えないと助からないというご託宣が出たのです。私が心配したのは、そんな大手術をしたら、いくらかかるのだろうかということでした。

医者に尋ねてみたら、500万円ちかくかかるということ、国保で3割の負担にしても150万以上はかかると聞いて、頭の中が真っ白になりました。そんな余裕はとてもありませんでしたから、病院からの帰り道で、それまでのことが頭をよぎり、一生懸命やってきて、この結果なのだから、甘んじて受け入れよう、手術しないでこのまま、その時を待とうという心境になりました。この世より、あの世のほうが暮らしやすいことは先刻承知ですから。残念だったのは、まだ天国には蔵どころか家の基礎さえできていないような気がしていたことです。

死は悲劇ではありません。この世に生を受けた者は必ず死の関門をくぐる時がきます。そう思っていたらお客様の一人から高額医療費控除という仕組みがあるから手術費の心配をしなくても手術を受けられることを聞きました。神様はやはり私を見捨てなかったと思いました。早速入院して手術を受けました。これは後から聞いたのですが、発症から日時が経っていましたので、大動脈瘤はすでに破裂していたのですが、それを肺が押さえていた、奇跡のようだと主治医が言っていたそうです。

それから5年後、また大動脈瘤は再発しました。二度目は前にも増した難手術で、意識が回復するまで三日もかかりました。ＩＣＵで意識が回復した後の体はスパゲッティ状態でしたが、この世とあの世が重なり合っていることを見せてもらいました。決して夢ではありません。今も鮮明に記憶に焼きついています。

40歳を過ぎる頃まで、人生は一回こっきりだからと、いかに楽しむかしか考えていませんでした。30代は仕事も順調だったし、自信満々でした。かみさんももちろん同じような考え方だったから、二人でいっぱい稼いで、1年に1回は海外旅行にいったり、ローンだけど赤坂に事務所も買ったたし、別荘のつもりで千葉にも家を買いました。杉並にも終の住処のつもりで家を建て、娘も二人授かってＢＭＷを乗り回して有頂天でした。バブル絶頂期はまさに私もバブルそのものだった。

それがスピリチュアリズムに出会って、１８０度反転したのです。

人生の評価の仕方は人それぞれですから、私のような生き方は真っ平だという人も多いと思います。娘の一人は、私が変な宗教に嵌ったと思っていて軽蔑しているらしく、もう長いこと連絡もしてきません。それはそれで仕方がないことですが、私自身は与えられた試練を、これが自分の宿題と一生懸命生きてきましたので、まったく悔いはありません。よくやり直せたものだと自分を褒めてやりたいぐらいです。

世間ではこの世に財を成した人を人生の成功者とみなします。しかし、この世はお金で動いていますから、まったくないのは困りますが、必要最低限の生活費さえあれば、それ以上貯めても仕方がないのです。この世の預金通帳の額をいくら増やしても、あの世まで持っていくことはできません。私たちの本来の住処はこの世ではありません。この世にあって、あの世に財を成す（徳を積む）ことができるかどうかで来世がどうなるのかも決まるのです。再び四苦八苦のこの世へ生まれたくなければ、自分本位の意識から利他主義へと意識を変えて生きてみましょう。意識が変われば見えてくる世界もまた違ったものになるでしょう。

嘘のような本当の話

最後にこの本の出版に際してのうちわ話です。経済的に余裕のある方が自分の人生回顧録を自費出版するのとは違って、今回の私の出版に関しては、乗り越えなければならない大きな壁がありました。お金の問題です。いくら出版社が精神世界に理解があるとはいってもビジネスですから、最初から損を承知で出版してくれる出版社などどこにもありません。出版したいとは思いつつ、半ば諦めていました。

知り合いの女性が自作の童話に絵をつけてもらって出版したことを知ってとても羨ましく思っていました。その本の推薦をブログでしたりしたので、1冊頂きました。見てみると、その紹介をしてもらった出版社は中野で、割と近所です。そこで前から燻《くすぶ》っていた気持ちに火がついて、出版について問い合わせてみたのです。

すると、企画出版という出版社が全部負担するかたちでは難しいが、ある程度の費用が用意できれば、全国の流通に乗せることもできるということでした。

お金には縁のない人生を送ってきましたから、お金が絡む話には弱い。ここで一度、やっぱりダメかと諦めかけました。

しかし、その次の日の朝方、目覚めの時にどこからともなく「予約を取れば」というような声が聞こえたような気がして「あっ、そうか」と思いました。単純な閃きだったかもしれません。ブログで読者に呼びかけたらどれくらい予約が取れるだろうか？　500部？　1000部？　もし1000部の予約が取れれば、出版の可能性が大きくなります。そこで逆に1000部の予約が取れたら出版してくれるか打診してみました。取れなければキャンセル、この話は白紙にする予定でいました。というのも、予約が取れた時点で半金を契約金として編集作業に入るというスケジュールだったので、私も予約を担保に借り入れをしなくてはならなかったのです。この出版の実現は、予約数を達成できるか否かにかかっていたのです。

双方が了解して予約を始めましたが、二日目でとても1000部は無理なことが分かり、ブログに泣き言を書きました。あの時点ではもう諦めていたのです。すぐに中止したいと出版社にメールしたら、もう少し粘ってみたらという返事でした。

そして、必要なお金が天から降ってきたのです。

引き出しの中に、もう使っていない古い預金通帳が2、3冊あり、残高は全部足して1万円くらい。それでも、引越す前の、離れた場所の銀行まで行って全額引き出して、通帳は捨てるつもりだったのですが、記帳してみると、いつ預金したのか思い出せないが残高が増えていました。2万円や3万円じゃないから利息ではなく、出版に必要な費用ぴったりの金額でした。最近はボケが出てきてはいても、こんな大金を忘れるもんか。天から降ってきたと思うしかありません。

発刊部数は当初の予定の半分になったけど、出版社も納得してくれて、やっとゴーサインが出ました。嘘のようですが、本当の話です。神様はいないと思えばいないし、いると思っている人には、時々奇跡をみせてくれるのです。

取って付けたようなあとがき

いつも読んでくださる読者の方にはご心配をおかけしましたが、こうして紆余曲折しながらも奇跡的出来事が重なってやっと出版できました。見えざる力の素晴らしさを改めて感じています。これも読者の皆様の協力がなかったら成功はできなかったことでしょう。予約を下さった方々にはお礼の言葉もありません。私の真意を理解し信用して下さったのでしょう。思えば私がネットに自分の考えを発表し始めたのは、バブルが弾けて自殺する人が年間三万人を超した頃からです。それが今や14年も続いています。ネットの無力さを感じて出版したいと思ったのは、その頃からです。長く夢見てきたことが現実化したことは嬉しい限りですが、目的は社会への影響力であり、人々の意識が変わらなければ世界は変わりません。嬉しいことに世界は今急激に変わろうとしています。新しい時代を迎えようとしているのです。その時代を担っていくのは若い皆さんです。私の書いたものが、少しでも皆様の役に立てば私の望みは叶ったことになります。これからも毎日メッセージを送り続けます。

一日も早くアセンションが叶うように祈ります。

著者

著者プロフィール

1943年愛知県生まれ、東京杉並在住、心霊研究家、シルバーバーチと出会ったことで、人生の目的に目覚め人生やり直しのつもりになって名前を矢国タテルと代え、インターネットを通じて霊的真理を説いている。現在もブログ「ひとりごと　ぶつぶつ」を毎日発信中。

http://www.geocities.jp/heartland1422/
http://satoru99.exblog.jp/

ひとりごと　ぶつぶつ

矢国《やくに》タテル

明窓出版

平成二十四年六月一日初　刷発行
平成二十八年六月一日第二刷発行

発行者——麻生真澄
発行所——明窓出版株式会社
〒一六四—〇〇一二
東京都中野区本町六—二七—一三
電話　(〇三)三三八〇—八三〇三
FAX　(〇三)三三八〇—六四二四
振替　〇〇一六〇—一—一九二七六六

印刷所——シナノ印刷株式会社

ISBN978-4-89634-305-2

ホームページ http://meisou.com

ルナと光の天使

ヴァンミーター有貴《ゆき》 著
柴崎るり子 絵

星の王子様を彷彿とさせるルナくんが、
みんなの幸せを願って夜空の旅に出ます。
旅の先でルナくんが出会った存在とは……。

＊本書の絵の形は、調和の周波数を発する黄金比の長方形となっています。

（読者さまの感想文より）

優しくて、あたたかくて、とても美しい絵本です。

作者のやさしさ、愛の深さ、魂の美しさが伝わってきます。読み終わったあと、なんともいえない幸福感に包まれ、自分の心も本当に優しくなるのを感じました。また、柴崎るり子さんの絵も、明るく透明感がありとっても可愛い。美しい光の色に魅せられます。

子どもたちだけでなく、まず大人にお薦めしたい、今こそ世界中の方にお薦めしたい絵本です。


（大型判　オールカラー）定価：1575円